庫

玉子ふわふわ

早川茉莉 編

筑摩書房

目次

第三章　目玉焼の正しい食べ方

玉子ふわふわ

春

深尾須磨子

青竹の笊に
あひるの玉子
さくらの花びらで
風呂を焚く

第一章

本の中、オムレツのにおいは流れる

卵料理

森　茉莉

左手に、かすかな牛酪《バタ》の煙を立てはじめたフライパンを持ち、右手で紅茶茶わんのふちにぶつけて割り入れた卵を一個ずつ流しこむ。黄色みをおびた透明な白身が見るうちに半透明になり、縁のほうから白く変り、乾いてくるころには紅みがかった丸い卵黄が二つ、とろりとした内容を想像させて、盛り上ってくるころ、蓋をして火を弱めると、二つの卵黄は薄い白身のまくを被《かぶ》って、おぼろに紅い。裏はいくらか焦げ目のつくようにするのである。

でき上ると、振ったか振らないかほど、食塩と胡椒《こしょう》とを、卵黄を中心に振る。私は、食卓の上に運んできた、周りが紅みのある卵の殻に少しローズ色のはいった色をした厚みのある西洋皿にのった目玉焼きに向うと、どんな用事が突発しても、醬油をひっくりかえしたとか、電話のほかは無視して、熱い内に卵を口に入れるという義務を果すことにしている。さじをとり上げると私は卵黄を傷つけないようにじょうずに切りぬき、少量の醬油をかけ、卵黄をすくって丸ごと口に運ぶ。あんまり上品なテーブル・マナーではないから、よその家ではやらないし、料理店でも、行きつけの、それも近所の店でしかそんなことはやらない。

店によっては目玉焼き、あるいはハムエッグスをパイ皿で焼き、そのまま、皿にのせて出すが、熱くておいしい。そのパイ皿で焼いた目玉焼きは、私にパリの下宿の食堂を思い出させる。裏の、石炭がらの散らばった空地に鶏の声がする、長方形のそまつな食堂である。その食堂で私たちは、ようよう嚙《か》めるビフテキや、犢肉《こうし》のコトゥレット、(犢肉のカツレツだが、フランスのカツレツは粉も卵も、パン粉もついていない、ただの焼肉で、この犢肉のコトゥレットだけはどういうわけか、柔らかかった)サラダ・ドレッシングをかけたムウル(貝)や、ふちの枕木のようなところ(えんがわ)が、長さが五寸位あり、幅がたっぷり一寸はある、化け物のような大ひらめと馬鈴薯、玉ねぎのサラダとかをたべていたが、私がたまにお腹をこわしているから卵を下さいと言うと、マダァム・デュフォールという下宿の奥さんが台所に立って行き、やがてパイ皿で焼いた目玉焼きのふちをタブリエの端でつまんで、私の横から、「ビヤン・ショオ」(とても熱いですよ)といって出してくれた。パイ皿の中で焼いた花キャベツの白ソースもよく出て、おいしかった。花キャベツが高級な野菜ではないので、私たちのいた安下宿でもふんだんに使っていたのである。

パリの卵料理で思い出すのは、ある卵料理専門の料理店で出した、ウフ・ジュレ（卵の凍ったの）とでもいうのか、（名は忘れてしまったが）スープをゼラチンで固めた中に半熟卵を入れたものである。よく日本でも上等の冷たい料理の周囲に澄んだスープにゼラチンを入れてあまり固くない程度に固め、それを細かく刻んで散らしてあるが、あの柔らかなスープの塊の中に半熟の卵が透き通っている夏場の料理で、私は夏、どこに行こうかというと、よくその卵料理店へ行こうと主張した。スープを牛肉で取って卵の殻で漉《こ》し、ゼラチンの固まりかけのところへ、湯の中に落した半熟卵を入れて、（スープの中にちょっとセロリの味でも入れて）冷やせば、自分でもできないことはないと思うが、考えただけで面倒だし、私は手の込んだ料理はやりたくないし、パリの料理店の味が出るかどうかも疑問である。

私の部屋の目玉焼きの話がパリに飛んで、横道へはいってしまったが、私は目玉焼きはパンの相手にも、ご飯のおかずにも適さないと思っていて、独立させてたべる。そうしてつぎに花模様の紅茶茶わん（イタリアの美術館で見とれた、ボッティチェリの「ヴィーナスの誕生」の、空にも海にも散っていた小さな薔薇《ばら》に似ている花模様である）で紅茶を飲み、焼パンをかじる。私は焼パンにバターを塗ったのをきらいで、栄養上から別に塊のままたべたり、スープに入れたりする。トマトやレタスのサンドウィッチには牛酪《バタ》をたっぷり塗るが、焼パンに牛酪《バタ》というのは、どこかに私のきらいな塩煎餅の味に関連したものを持っている。

ある朝私は台所に立って、ゆで卵を作っている。銀色の鍋の中で、沸騰した湯が銀白色に渦まき光っていて、その中に浮きつ沈みつする白い卵が、私の胸の中に、歌を歌いたいような楽しさを感じさせる。

またある朝は、私はオムレツをこしらえている。フライパンの上で溶けて、煙の立ちはじめたバタの上に、割った卵を三個流し入れる。いくらか固まりかけると箸で手早く、軽くかき廻し、それを二度くり返してから鍋を動かして卵をゆすり、中のほうが半熟のときに三つに折って、塩こしょうを振って、おしまいである。牛乳があれば少し入れて焼く。牛酪《バタ》で焼いた場合はそのままの味でたべるが、ラードでやったときには塩よりこしょうを利《き》かせて、日本醬油をかける。パリの料理店でコックを雇い入れるときの試験には、オムレット・ナチュールを作らせるそうで、なにも入れないオムレツがうまく焼ければ一人前なのだそうだ。私はうぬぼれもあるかもしれないがオムレツがじょうずに焼けると自負しているが、パリの料理店が私をコックに雇ったら大変なことで、かきのコクテールも、七面鳥の栗詰めも、犢肉のコトゥレット、鴨《かも》の肉をその血を入れた鳶《とび》色ソースで煮たシチュー、かたつむりの焼いたもの、どれ一つできない料理人のわけである。

卵を使った料理は子どもの時から好きで、生卵を熱いご飯にかけたのに始まって、あらゆる種類の卵料理がどれも好きである。そしていまだに幼児のときの味覚が残っている。フウカデンというのは、好きな挽肉と卵との料理で、あんな好きなものはない。

私が卵を好きなのは単に味だけの話ではない。卵の形、色もひどく好きで、町で新しそうな卵の山を見ると、卵を使う予定がなくても、なんとなく買いたくなり、手に持って見たくなる。真白な卵の表面は、かすかな凸凹があって、新しく積った雪の表面や、平らにならした白砂糖を連想させるし、またワットマンなぞの上等の西洋紙や、フランスの仮綴《かりと》じの本のページにも似ている。紅みがかった殻もきれいで、そのごく薄いのは、弁柄《べんがら》色をした土の上に並んでいたスペインの家々の壁の色を思い出させるし、またいくらか薔薇色をおびて、かすかに白く星のあるのは最高に美しい。卵の形や色には、なんとなくいかにも平和な感じがある。それが好きである。卵の黄身の色の楽しさは、料理をするたび、たべるたびに、新鮮に感じられる。ゆでた卵の殻を濃い紅や、ブルーや黄色、緑なぞに染めて、籠に盛って食卓に出すというフランスのパァク（復活祭）のお祭は、想像しただけでも楽しい。またパァクのお祭のときには、使った卵の殻の中にあらゆる色の細かく切った紙を詰めて、目張りをしたものを作っておいて、若者たちはそれを通る娘にぶつけたり、窓から見ていて、若い娘の背中の開《あ》いた洋服の衿《えり》なぞにぶつけて大騒ぎをやるそうである。私はパァクのお祭を見たいと思っていたが、ちょうど汽車の中でその日が過ぎてしまった。その翌日ボルドオに着いて街を歩いたが、往来の人道に、さまざまの色の小さな紙が、朝降った小雨で張りついているのを見た。雨上りの人通りの少ない町にも、どこかに前の日の若者たちの楽しいざわめきが、まだ残って、漂っているように、思われた。海に近い町だった。一日しか滞在しなかったので、私の目にはいまでもボルドオの町といえば、雨上りで薄く曇った、硝子《ガラス》のような視野の中に、水夫が二人、三人と大股に歩いている黒ずんだ港や、パァクの紙の張りついた、灰色に濡れた道が、映ってくる。

私は、根がひどく食いしん坊のせいか、小説や戯曲を読んでも、たべもののところは印象に残りやすいのである。夏目漱石氏の小説の中に、「卵糖」と書いて、カステイラとルビを振ってあったが、あまりおいしそうな当て字のため、カステラではなくて、何か別なお菓子のように、思われたことがあった。

『シラノ・ド・ベルジュラック』の中に、ラグノオという菓子屋の主人で詩が気ちがいのようにすきな人がいて、毎日即興の詩を書き散らし、その反古《ほご》でパンやお菓子を包んで売るくらいだったが、その人の詩の一つに

卵三つ四つ手に取りて、

こんがり焼くや狐色、

タルトレット（パイ）の杏子《あんず》入り

というようなのがあって、そのところを他のところよりよく覚えている感じがある。アメリカの推理小説家のヴァン・ダインの小説の中のヴァン・ダイン自身に似ているらしい主人公の探偵が白身の魚と卵とをまぜて蒸した料理を好きで、お気に入りの下男にそれを作らせているが、いかにもおいしそうな料理である。映画を見ていても、ジャン・ギャバンが鶏の、蒸し焼きらしいのを、一口二口むしってたべかけたと思うと、芝居のつごうでそのまま二階へ上って行ってしまう、というようなところを見ると、いかにも気の毒である。アメリカ映画の田園の家で、黄金色に焼けた卵入りらしいマフィンの山盛りを見ても、印象に残るのである。シャーロック・ホームズとワットスンの朝食にはよく半熟卵が出た。

私のような人間に名作や名画を見せるのはもったいないようなものであるが、もし私が料理や菓子、飲物の記憶以外の所で、大きな印象を受けたとすれば、それは確か

に名作であり、名画であるのかもしれない。

私の幼いころ、ある日父の部屋へはいって行くと、父が薄い日本紙に墨でお膳や料理の絵を描いて、絵の具で塗っているのを見つけ、父が自分と同じように絵を描いては塗っているので大いに感激したが、それは父が懐石料理を研究していたので、古本を探してきて、どういうわけか写していたのである。私の父も卵がすきだったらしく、旅先で、よその家に泊めてもらっているようなとき、ちょっとおかずに飽きてくると町で卵を買ってきてご飯の上にかけてたべたらしい。また父が半熟卵をたべるのを見ていると、四角い象牙の箸のとがった角《かど》で、コッコッと軽く殻をたたいて、じょうずに蓋を取るので、子どもたちはおもしろがって、自分のもやってもらった。

ずいぶん、食いしん坊の話をしたが、終りに私のよく作る卵料理のこしらえ方を書いてみよう。

1　パセリのオムレッ　これはフランスのオムレット・オ・フィーヌ・ゼルブの日本流で、フランスのは香《にお》い草入りオムレツといって、いろいろな匂いのいい葉類を入れて焼くのである。ただパセリを青い汁が出るほど細かく刻んで卵にまぜて焼くだけである。

2　ロシア・サラダ　馬鈴薯とにんじんを小さい賽《さい》の目に切ってゆで、青豆を罐《かん》から出し、玉ねぎを刻み（これは生のまま）白身の魚をゆでて皮をとり除いてむしり、卵は固ゆでにして荒く刻む。以上をサラダ・ドレッシングであえるのだが、上等のオリーブ油でないなら酢だけでもおいしい。私はこのごろは酢だけのほうが好きになっている。上品にすれば鯛かひらめ、えびもいいだろうが、ほんとうはさばか、あじのほうが、ロシアの田舎料理らしくておいしい。ビールとよく合う。

3　ブレッド・バター・プディング　卵と牛乳を（卵十個に牛乳一合くらい）まぜ、とっぷり浸るくらいに大角に切ったパン（三日前くらいの）を浸し、少しおいてそのまま火にかけ、さっくりとしゃもじを入れて上下へ返すようにしながら焼き、卵色のパンのあいだあいだに、卵が柔らかめに固まって、パンの角《かど》や鍋の底のほうはちょっと焦げ目のつくくらいで火からおろす。（焼く前にヴァニラ・エッセンスを二、三滴垂らすのを忘れずに）

4　蒸し卵入りすまし汁　ぎんなんと三つ葉でも入れて茶わん蒸しを作り、それを大さじですくいとったものをおわんに入れて、すまし汁を注ぐ。

5　同じく蒸し卵料理　同じようにして作った茶わん蒸しを冷やし、やはり大さじですくいとって皿につけ、刺身のようにわさびと醬油を添える。

6　ゆで卵の料理　(イ)　ほうれん草をゆでて牛酪《バタ》でいためたものを皿の真中におき、固ゆでの卵の輪切りを周りにかざり、そのまた周囲に小さく賽の目に切って牛酪《バタ》でいためたクルウトを散らし、ほうれん草の上に卵のとがったところを帽子のようにのせる。　(ロ)　固ゆでの卵を輪切りにして醤油と酒、少量の砂糖でざっと煮る。

以上、魚のはいったサラダを除いた他は、日本式でいきなものも、ハイカラなものも、軽食用のものもあり、どれもだれの口にも大抵合うおいしいものだが、魚入りのサラダは、いわゆる西洋料理でなく、フランスとかドイツ、イタリア、ロシア（ソビエトの料理というのはちょっと空想にも浮ばないので）、ああいう国の家庭料理、お惣菜のような料理に慣れていないと、読んだだけではいかにも生臭《なまぐさ》そうに思われるかもしれないが、百読は一味に如《し》かず、作ってたべてみればおいしくて、生臭くないこと受け合いである。私は西洋に行ったことのない人にたべさせて、はずれたことは一度もない。ロシア・サラダという名だが、ドイツにももとからあるらしく、カイゼル皇帝が野戦料理として戦地でこしらえて兵隊にたべさせたという話もある。焼きの良いパンと、ビールを添えれば、ドイツの郊外の料理店の昼食のようである。

東京の空の下オムレツのにおいは流れる

石井好子

花森安治先生から「あなたは食いしん坊だから、料理の随筆を書いてみたらどうか」といわれたのは、昭和三十六年である。これは、戦後はじめて、パリで砂原美智子さんと同じアパートに住んでいたときのことを書いた随筆が目にとまっての話だった。

それには、私が、わずかな仕送りのお金で貧乏しながら、歌のレッスンに通っていた頃のこと、ときどきセーヌ河の岸に、砂原さんと二人で所在なく坐って河面をながめながら、「私たち、おなべでご飯炊くのはうまくなったけど、歌はどうなのかしらね」「いつチャンスがめぐってくるのかしら」と不安な気持で話しあったり、おなべで炊くとき、どうしたらうまくご飯が炊けるかなどが書いてあった。それから、私の料理随筆が、暮しの手帖に連載されることになった。

それがまとまって、三十八年に、花森先生の装幀で、とてもシックで可愛らしい本ができたのである。題は〈巴里の空の下オムレツのにおいは流れる〉である。これは当時、フランス映画〈パリの空の下、セーヌは流れる〉の主題曲がはやっていたので、シャンソン歌手の私に合うように先生がつけて下さった。

その題名の面白さが評判になり、買われた方も多かったのではないかと思う。当時はまだ料理随筆が無にひとしかったから、おどろくほど売れてベストセラーとなった。本の中にはオムレツのことばかり書いたわけではなかったのに、以来、私は、オムレツの研究家のごとく思われ〈シャンソンの石井好子〉から〈オムレツの石井好子〉に変じた。

本が出たあと週刊朝日の依頼で、あちこちのオムレツを食べ歩いた。一日じゅうオムレツをたべているわけにもいかないので、五日間出来るだけ食べて記事を書くことになった。

いまから二十数年前のその記事を読み返して、当時を思いだした。

一日目は、銀座の事務所から、レストランというより洋食屋さんのようなところにオムレツを注文した。とどいたのは玉子2コを使ったプレーンオムレツで、セン切りのキャベツが横について七十円であった。

仕出しべんとう屋にたのんだオムレツべんとうは、塗りのおべんとう箱にご飯が入っていて、その横に玉子1コで作った小さいオムレツがセン切りキャベツと一緒に入っていて、その上からジャブジャブとソースがかかって、ご飯の底のほうまで黒かった。百円。

つづいて、事務所の近くの小さいスナックに入り、オムレツをたのんだ。玉子2コで作ったプレーンオムレツに、ナス、ほうれん草、人参のバタいためが添えてあり、百二十円であった。批評家として観察しながらたべた三つとも、あまりおいしいとはいえなかった。

まず、玉子の白味を切るようによくかきまぜないので、黄味と白味がわかれていて、焼き上りが白、黄、まだらであった。フライパンの中でかき玉のようにかきまぜないのでかたかったし、出来たてでなかったから、つめたくて舌ざわりが悪かった。オムレツなんてものは誰にだって出来る、安くてケチな料理だと、コックさんがバカにしながらいい加減に作ったような感じがした。しかし値段には感激した。七十円、百円、百二十円。

いまそのお金で、いったい何が食べられるだろう。同じようにおいしくないオムレツだって、十倍近くの値になっているのではないだろうか。

二日目。デパートの食堂に入ってみた。うな丼、おすし、おそばにまじって、オムレツの一品があった。

玉子2コつかったハム入りのオムレツで、つけ合せはマカロニ、いんげんのバタいため、赤かぶが1コ、可愛らしい姿でのっていた。ふっくらとよく出来ていて、味もよかった。百円であった。

三日目。仕事で甲府へゆくので、音楽会場の甲府の県民会館で、おひるに食堂からオムレツをとってもらった。

プレーンオムレツで、バタいためのいんげんが添えてあった。それから別の器で、トマトを台にしたドミグラスソースが出た。みるからにやわらかくふっくらと出来ていて、たべたらやはりおいしかった。

どこでも、勝手にソースをじゃぶじゃぶかけたり、ケチャップをかけたオムレツが出てくる。この店は「お好みならおかけ下さい」というデリケートなサービスぶりで、ソースも手をかけて作った味で、百二十円は安すぎると思った。

四日目は都内のホテルへいった。ホテルのメインレストランではなく、キャフェテリヤのような軽食を出すところでは、必ずメニューにオムレツが入っている。さすがホテルだけにチーズオムレツ、マッシュルーム入り、ハム、トリのレバと、レパートリーも豊富だった。

スパニッシュオムレツは、トマト、ピーマン、玉ねぎが入っていた。玉子を3コ使って、ふんわりと大きく焼いてあり、お皿もあたためてあった。

値段は三百円から四百円と、おべんとう屋さんのオムレツの三、四倍した。オムレツといっても、コックさんの腕前、たべさせる場所により、値段が大きくちがってくるのだ。

五日目、最後の日は週刊朝日の方が、「西銀座の〈花の木〉で変ったオムレツを作っているからみせてもらいましょう」といわれるので、ついていった。花の木は、小さい個人レストランのはしりで、そのときのコック長の志度《しど》藤也さんは、それこそ密航のようにしてヨーロッパへ渡り、料理人としての腕をみがいた人である。

プレーンオムレツを作るところもみせてくれた。その手早く、形よい出来上りに、まるで手品みたいだと感心した。

名物のスフレオムレツ。これは玉子4コでつくる。

白味と黄味に分け、黄味をほぐして、塩、コショー、ナツメグをふり入れる。白味はかたくかたく泡立てて、黄味とざっくりあわせる。フライパンに油少々入れて、強火で熱して、その中にバタを入れ、玉子をどろどろと流しこみ、木べらで、下から上、下から上と、六、七回玉子に火を通し、形がついたら、そのまま天火に入れて五分焼く。ふわふわと、こんもりもり上ったオムレツの表面には少しこげめがつき、いかにもおいしそうだ。あたためておいた大皿に、ほうれん草のバタいためをしきつめ、その上にふんわりと、熱つ熱つのスフレオムレツをのせて、ドミグラスソースを別の器に入れて出す。

たべるとスフレは口の中でとける。お料理というよりおいしいお菓子のようだった。お値段は五百円、少し高いが、二人分の大きさだから、分けてたべれば一人あたり二百五十円。そんなに高くもない。二十数年前のたべある記を読みかえして一番おどろいたのは、味も形も変らないのに、値段はしっかりと変ったことであった。

＊

〈巴里の空の下オムレツのにおいは流れる〉は、三十八年七月十日、日本エッセイスト・クラブ賞をいただいた。

賞状には石井好子君とあり、「本クラブは貴君の著書〈巴里の空の下オムレツのにおいは流れる〉を推賞すべきものと認め茲に第十一回日本エッセイスト・クラブ賞として正賞記念品並びに副賞金を贈呈します」とある。いくらいただいたのかは全く忘れてしまった。

自分自身たのしみながら気楽に書いた随筆なので、立派な賞などいただくとは夢にも思っていなかったから、ただただびっくりした。授賞式の日、私は音楽会のため京都へ行ってしまったので、父に代りにでてもらった。その頃、父は運輸大臣をしていてけっこういそがしかったはずなのに、親バカまる出しで表彰状をいただきにいった。渡された当時の会長は阿部真之助氏、副会長、千葉雄次郎氏で、阿部氏、千葉氏も、父ともども新聞記者出身だから、和気あいあいの雰囲気だったと聞き、うれしかったことを今でもおぼえている。

〈巴里の空の下オムレツのにおいは流れる〉という一冊を書いたばかりに、私は料理と深い関係をもつようになったし、またオムレツとのつながりも多くなり、大げさないい方だが私の人生も少し変った。この本がでなければ、私はシャンソン歌手で、お料理などしたこともない女性と思われてすごしていったことだろう。

玉子というものは、いまではどこの家の冷ぞう庫にも、常時二つや三つおいてある、手近にあるたべものである。その玉子を例にとって、「玉子一つだって、おいしくもまずくも食べられるもの」ということを書きたかった。

一つの玉子でも、せっかくならおいしく料理して、出来たてのほやほやを、たのしいうれしい気持でいただきましょう。それも〈人生の中の一つの大きな幸せ〉なのですから……そんなことを、お友だちに話すように紙の上に書いたのが、〈巴里の空の下オムレツのにおいは流れる〉であった。

以来、オムレツと私のかかわりはいろいろあった。賞をいただいた年の暮、大正会のクリスマスパーティーが帝国ホテルで行われた。大正会とは、森繁久彌さん、五島昇さん、春日野親方など、職業に関係なく、大正生れの人々が集まって遊ぶ会である。クリスマスパーティーは家族連れ、友人もさそっての盛大な集まりだった。そのとき頼まれて私はオムレツの模擬店を出した。考えた末、オムレツを作るコンロの前に、薄切りのハム、チーズ、バタいための玉ねぎ、マッシュルーム、ピーマン、パンを小さい角に揚げたクルトン、いためたエビやカニを、そろいの深いガラス皿に別々にのせて並べた。そして各自の注文により、ハムオムレツ、エビオムレツなど目の前で作った。

いくつ作ったか覚えていないが、翌日はフライパンを握っていた左手がつってしまうように痛かった。三時間のパーティーの間、休みなく作りつづけるほど人気があったからだ。

この頃、ビュッフェスタイルのパーティーでオムレツを出すところもあるが、私と同じ方式なので、わたしはそのはしりだと自認している。

＊

あるホテルの社長から、オムレツのコンクールをするので審査員になってほしいとたのまれたことがあった。そのホテルは地方都市にも十以上のホテルを建てていて、それらのホテルのコックさんが、一堂に集まって技をきそうのだという。専門のコックさんが作るプレーンオムレツの審査はむずかしいだろうと案じたが、そのとおりなかなかむずかしかった。

まず困ったのは、審査員の一人になっていたホテルの社長は、「オムレツは中が柔らかくふっくらと、表面はこげめのつかぬクリーム色にまとめることが最高」といわれたからであった。私はオムレツは油プラスバタを敷くので、表面にはバタのこげめがついたほうを良しと考えているからである。

十数コ並べられたプレーンオムレツの外観を、まずよくながめ、少しずつ味をみた。プレーンオムレツでも、やはり色形は少しずつちがい、味も少しずつちがっているので、なんとか採点することができた。しかし、社長と趣味を同じくする方が多かったのか、一位は全くこげめなしのクリーム色に焼きあげたオムレツで、私が最高点をつけた、味もしっかりとおいしく、うすくバタのこげめのついたオムレツは三位であった。

コンクールでは、もう一回審査員をしたことがある。

それは素人の腕自慢の人々のオムレツコンクールで、中に入れる具は、それぞれ工夫をこらしていて、日本風に、椎茸やたけのこを入れた人もいたし、エストラゴンなら ぬ高菜づけのみじん切りを入れた人もいた。

一位になったオムレツがふるっていた。固くゆでたうずらの玉子を数コ、ほぐした玉子の中に入れて巻きこんだ、玉子入りのオムレツであった。うずらの卵はつるつるして、それは巻きにくいものなのに、よほど練習をつんできたのだろう、それは手ぎわよくうまく巻きこんである。しかし玉子と玉子のとり合せはいささかしつこくて、水をのんでも口じゅう玉子だらけ、コレステロール倍増といった感じが残った。

＊

「オムレツを作って」とよくいわれるので、家でパーティーをするときは、玉子10コ使って大きいオムレツを作る。バタいためのうす切り玉ねぎ入りの場合が多いが、マッシュルームを入れることもある。

少し深めの細長い大皿に、出来上ったオムレツをおき、そのまわりにトマトソースをぐるっとまわしてたっぷりかける。トマトソースの海の中に、黄色いオムレツの小島が浮いている、そんな感じだ。

トマトソースは、みじん切りの玉ねぎをゆっくりバタいためして、塩コショーをしたらホールトマトを入れて、ぐつぐつとろ火で煮て作る。あっさりしたスパゲティのナポリタンソースと同じである。

「石井さんのオムレツ、一度たべてみたいわ」といわれているうちに、人のすすめもあり、日比谷の東宝ツインタワービルの地下三階に、〈メゾン・ド・フランス〉というレストランを開くことになった。フランスのレストランのように前菜としてオムレツを出して、そのあとで肉やお魚をたべていただくつもりで作ったメニューであったが、オムレツだけ召上って帰るお客様が多い。これでは商売にならないので、レストランは地下二階に移り、地下三階は〈玉子と私〉という軽食の店にした。

〈玉子と私〉。中年、いや壮年以上の方なら、クローデット・コルベールという女優主演の〈卵と私〉という映画をみられた方も多いと思う。都会育ちの女性が養鶏の農家に嫁ぎ、玉子1コを手にするまでには、どんな苦労があるかをしみじみとさとる。それをコメディタッチで作った楽しい映画であった。

その映画にちなんだ名をつけたわけだが、店ではいろいろな種類のオムレツを皆さまに食べていただいている。私のおすすめオムレツとして、
○チーズ入りオムレツ（クリームソース）　一〇八〇円
○野菜オムレツ（トマトソース）　一二八〇円
○揚げじゃがいものオムレツ（トマトソース）　一二八〇円
○ベーコンオムレツ（トマトソース）　一二八〇円
○きのこオムレツ（クリームソース）　一二八〇円
の五種類がある。

揚げじゃがいも入りというのは、ゆでたじゃがいもをうすいそぎ切りにして、油でうっすら狐色にいためて、塩コショーしたものをオムレツに巻きこむ。フランスにじゃがいもを輸入したパルマンティエ氏の名にちなみ、フランスではオムレツ・オ・パルマンティエとよぶ。やわらかいじゃがいもは玉子と合って、老人、子どもにとても人気がある。

別にボリュウムたっぷりのオムレツが五種類ある。
○若どりのオムレツ（グリンソース）　一四八〇円
○小海老のオムレツ（クリームソース）　一四八〇円

○帆立貝のオムレツ（トマトソース）　一四八〇円
○ビーフシチューのオムレツ　一六八〇円
○オムライス・メゾン・ド・フランス風　一二八〇円
オムレツは玉子3コを使って、大型で、そのまわりにソースを流し入れ、ピラフもそえてあるから、この一品でじゅうぶん満腹する。

さらに、オムレツグラタンのコーナー三種
○チーズとポテト入りオムレツグラタン　一二八〇円
○小海老のオムレツグラタン　一六八〇円
○トマトケチャップのオムレツグラタン　一六八〇円
本日のオムレツコースとして、ポタージュスープ、オムレツ、サラダ、パン、デザート、コーヒーで二四〇〇円。

この値段をみても、二十数年前の十倍以上だが、他のものとくらべてみると、決して高い店とは思わない。自画自讃で恐縮だが、おいしさも値段も良心的だと信じている。

私はフォワグラ、キャビア、つめたくつめたく冷やしたシャンペンなどの気どったディナーもありがたく賞味するが、手頃な値だんでおいしいものをたべるほうが気楽で好きだ。オムレツの昼食などは手頃で、私たち日本人の嗜好に合っていると思う。オムレツは三百、いや六百種類あるとヨーロッパの人たちはいう。「巴里の空の下」ならぬ「東京の空の下」、私たちもいろいろな具を工夫して、おいしいオムレツをたべよう。

続たべものの話

福島慶子

古い話だがナポレオン一世が伊太利を遠征した時、或日其陣地ではバターが一カケラもなくなり、料理人は如何にしてバター無しで調理をするか大いに悩んだ。幸い伊太利の土地柄としてオリーブ油とトマトは豊富にあったので、頭のいい板前は之を利用して一羽の鶏を即席に考案して調理した。まず羽と腸を除いた鶏を、肩肉と足をはがし取り、皮付のまま骨ごとブツ切りとし、胴の部分は肝臓、心臓を別にして置いて之も骨ごとブツ切りにし、鉄鍋にオリーブ油をたっぷり入れて煙の出る位強く熱し、此中へ数片鱗のニンニクを入れ、続いて前記の鶏肉を一度に入れて狐色になる迄いためる。次に皮と種を去ったトマトをブツ切りとして多量入れ、小量の水（状態に依っては不要）と塩と胡椒を加えて長時間コトコトとトロ火で煮込んだ。暫くするとトマトは完全に煮くずれ油とまざって赤っぽいドロリとしたソースとなり、其中でぐずぐずと煮えてる鶏は骨まで火が通って、フォークでツツイただけでも骨は容易に離れるくらい軟くなって、皮など舌の上でトロリと溶けるほどである。ニンニクの臭味も味も一きわ味覚をそそり、これは又格別と見事な煮込料理が出来上った（肝臓心臓などの内臓物はあまり長く煮るとかたくなり、又はくずれ、まずくなるので鍋を下す二十分程前に入れることにする）。

右の料理は思いの外の好評で、其後も屢々繰返され、広く世に伝わり、今日迄も行われている。フレ・マレンゴこそ斯く成立ったものと人は伝えるのである。

御承知のマヨネーズも之亦ナポレオンのツーロン包囲の時に出来たものだそうだ。一説にはルイ十五世の時代に既に存在していたという人もいるが確でない。サンドウイッチはカルタ好きの英国の貴族が余りカルタ遊びに夢中になり、食事の時間も惜しいところからあの様なものを作らせたのが意外に便利だったので広く世に伝わったという。ルイ十四世（?）十五世（?）の時にペシャメル侯爵という貴族が自分でやったか、人に作らせたか知らないが、ペシャメルソースを創作し、タレランの息、モルニー公爵はソース・モルニーを残し、料理の歴史を調べたらまだまだ有名な多くの人達が色々の美味しい料理の作り方を我々に教えてくれた事が判るに違いない。

現今でもそうなくてはならない筈だが、とに角今日迄の仏蘭西人は、殊に上流人はことごとく食通であった。古い名代の料理店の隅のテーブルに、或はホテルのラウンジに頭の禿げた上院議員の老紳士がレジオンドノールを付けて、二三人で口角泡をとばして議論しているので、どんな政治論か、経済論かと耳をそばだてて盗聞きをすれば、鉄鍋の方がよいとか、何を入れる前に酒を入れる可きだとか、後の方が香りがよいとか意見が合わない大問題だったり、汽車の中の老夫婦の口論が料理の事であったりして驚いた事も二度や三度ではなかった。人を招待する時一家の御主人が奥様にまかせられず、自分で肉屋や酒屋へ出向いて品物を選ぶのは全く普通の事であり、まして其時のメニュー等は勿論主人の意見で作られるのである。

　このように料理を愛する国民だけに、仏蘭西では其の作った人を決して忘れない。何々は誰々が好んだ料理であったとか、何々は誰が初めて考えたものだとか誰とはなしに云い伝え語り伝えられている。例えばソースベアネーズは巴里の郊外サンジュルメンにある、ハヴィヨン・アンリ四世という料理屋の板前《シエフ》が作ったものだとか、其の名の付けられてない料理でも作った人間が誰であったかを覚えている。

　こんな風習は田舎まで及び、何とかオヤジの焼芋だとか、何々かみさんの味噌漬だとかいう具合に沢山あるらしい。私がノルマンディのブルターニュ近い所にあるサン・ミッシエルという海の中にある岩山の寺院を見物に行った時、誰でも其所へ立寄る料理店、シエー・メール・プラー（プラー婆さんの家）で昼食をしたが、其店では岩礁でとれる大きなオマール（伊勢海老に蟹の鋏のついた一種の海老）にマヨネーズを添えたものと、オムレツと二種しか作らず、誰にも彼にも一様に此二種一点張りで応待していた。此オムレツをオムレツ・メール・プラーと称し、つまりプラー婆さんのオムレツと云うわけで人気があるのだがいかにも素朴な美味しいものであった。まず一人前に五個乃至六個の玉子を黄味と白味とに分け、白味は雪の様に泡立てる。五尺もある長い持手のある大きなフライパンにバターを大サジ山盛二杯ぐらいとかし、之に泡立てた白味と黄味とを一緒に流し込み、薪火を盛んにもやしている大シュミネーに差入れる。此シュミネー（部室の壁に取付けてある暖炉）はサンタクロースが出て来るような大形の上に、薪の火で一ぱいだから暑くて側へも寄りつけない。従って五尺もある柄の長いフライパンを遠くから差込み、同じく長い木のシャモジで卵子が堅くならない間にバターと卵子をかき混ぜる。バターがよく卵子に混ざると同時に熱も廻ってカステラの様なオムレツが出来るわけだが、一人前で前記の分量だから四五人前や其以上になるとオムレツが益々大形となり、鍋もそれに順じて大きくなるから大鍋に大オムレツが次から次へ出来上って行くのを見るのは実に壮観の極であった。これが又よい見世物になるので大きな石畳の田舎風の部屋へ見物人をどしどし入れて多勢見ている所で数人の婆さんがいそがしくオムレツ造りに奮闘していた。一人が玉子割の役、一人が泡立て、一人がバターをとかし、一人が焼くと云う分業だ。皆婆さんなのでどれがプラー婆さんか判らなかったが一様に頭に白いレース頭巾をつけ、黒い大スカートにビロードの横段のある土地古来の風俗をしていたのは何より旅行者を楽しませ、此旅行のなつかしい印象として忘れ難いものになった。私達のオムレツは三人前で高さ五六寸、長さ二尺位だったので主人も子供も『ウエーッ』と歎声をあげた程だった。隣りのテーブルのイギリス人は之亦その大きさに驚いて『ホホウ』と云った。外も中も同じ軟かさにフカフカした卵子は後で自分でやってみても仲々あの通りには出来なかったから、やはり何かコツがあるのだろう。之は私が仏蘭西滞在中経験した地方の料理店で一番素朴で感じもよく、更によく考えてみれば実に客寄せの技巧の上手なやり方である。何でもそうだが少し頭を働かせば大した材料も使わずとも人は寄って来て商売は繁昌するのだから我国に於ても観光客を寄せるなら、よろしく此要領で客寄せの手段を先ず以って考えるのが大切であろう。

之と反対におそろしく贅沢に豪華なことで客寄せの手段としている料理店はリヴィエラのリゼルヴァアである。之はこれで私が仏蘭西で経験した最も豪華な料理店であった。ボウリュウにある此家は門から玄関の車寄せ迄に見事に草花で模様を造られた芝床が中央正面と左右に整えられ、白い小砂利は毎日洗うわけでもなかろうに土によごれもせず、塵一つ落されずに手入れされてある。門前にはロールスロイスやイスパノシーザーなどと云う恐ろしく贅沢な自動車が特製のキャロッスリーを競い並んで主人を待ってい（極めて贅沢なヨーロッパ人は自分丈けの好みで特に意匠をこらした車体をつける。出来合の自動車なんてオカシクッテというわけなのだ。）建物は鉄骨、ガラス張の大食堂の外大して広くもなく、別に附属家の小さなのがあって小数の泊り客もあるのだが問題でなく、此店の呼物は実に其食堂に限られている。其所に集まる客種の上等さと料理の贅沢さは店の主人の公言する如く世界一のものかも知れない。ボウリュウはリヴィエラの冬のセゾンではテニスの盛んに行われる所で各ホテルは競って有名なコーチャーを雇入れ一流の素人玄人も集るし、クラブや贅沢な別荘には客人としてデーヴィスカップのチャンピオン達も招ばれてくる。

それに此処は別荘地でニースやモンテカルロのような観光地でないだけ、カジノもなく夜の遊び場もない静かな町で滞在客は主に英国人の外、各国の貴族富豪や小金持の別荘が集っている。皆、昼はテニスやヨットを走らせて遊び、夜はダンスとブリッジぐらいで日を暮し品のよいフンイキはリヴィエラ第一であろう。私は一冬此地に別荘を借りて暮したが此小さな可愛らしい別荘はロシア帝政盛んな頃に、あるロシアの帝室バレーの踊り子の為に、或恋人が買って与えたものであった。年を経て帝政滅び、親切な恋人もたぶん頭もハゲて死んだであろう。美しい舞姫も婆さんとなりビンボーして食えなくなり此ヴィラ・ドウシカ（ドウシカとはロシア語で可愛らしいと云う意だそうである）も手放したか貸別荘となり、何代かの後の借家人が私になったというわけなのだが流石にナマメカしい家で私の一家が住んだら『気分ブチコワシだよ』と友達の画カキ共は悪口をたたいた。客間の壁の、踊り子がバレーの衣裳をつけドガの画にあるようなポーズをした小さなパステルが、曾ての女主人である事を話された時、何だか淋しい気がした。

それはさておき主人は此家に私と子供を残し日本へ帰ってしまった。別れる時に『リゼルヴァアには度々行くなよ、忽ち破産するぞ、一ぺんだけは許してやろう』とケチな事を云って出発した。私は此土地に住み乍らリゼルヴァアをすぐ側に見乍ら行かない法はないと確信したから、或日伊太利から来たお客を誘い子供も連れ散歩がてら昼食しに行ったら、二年前に一度しか行かないのに『まあ暫くでした』と玄関で云われて驚いた。客の顔と名前をよく覚えていて愛そよくするのは客商売の人には大切なことだが、レマルクの凱旋門の中にも恐ろしく記憶力のいいビストロのガルソンが出て来て、一年前に一度見たばかりの客の煙草の趣味迄記憶しているのがあったように仏蘭西のホテルや料理店の使用人には実に記憶力のいいのが居る。とんでもない所で五年も前にピレネーの山の中でエレヴェーターボーイをして居たと云う男に挨拶されたり、モントンのカジノの支配人がビアリッツに来て挨拶されたりして驚かされた事がある。もっともこちらが東洋人だから覚えていたのかも知れないが、日本人同志であり乍ら私を完全に驚かせたのは古奈の白石館の若夫人である。先年梅原御夫妻をたずねて白石館で一泊した時、此若夫人は梅原夫人に『福島さんとは柏木さんの御友達でしょう、八年前に一碧湖で御目にかかった事があります』と云うので梅原夫人は私がそんな所で花子さん（若夫人の名）に逢った事あるのかときかれた。私はすぐ思出したが八年前川奈ホテルに居た時、近所の一碧湖の柏木さんが画を描きに泊って居るので一緒に遊ぼうと思って自動車で迎えに行き、十五分位話をしてから一緒に待たせておいた自動車で出かけてしまった。其時花子さんは結婚前で十七、八歳くらいの娘さんでお客の私達の前には現われずに隣の部室にいたのに今だに其時の事を名前迄覚えて居たと云う事は実に不思議な記憶力である。こうした才能は誰でも持合せてはいないけれど、客扱いをする商売の人には大きな力となるのではないかしら。

話は横にそれたからリゼルヴォアに戻るとして、私達が玄関からはいると、とっつきのバーに巧妙を極めた玩具の熊と猿が飾ってあった。熊の方は片手にコップを、片手に酒のビンを持ち電気仕掛で両手と口が動き、右手の酒ビンから葡萄酒が左手のコップへ流れ、左手がそれを受ける為にコップを稍かたむけて動いて行く、コップに酒が溜ると右手は元の位置にかえり左手は徐々に上って口許迄行くと、口は自然と開いてこぼさぬ様に酒を一滴も残さず飲んでしまう。すると左手も元の位置に戻り一瞬休んだ後に更めて右手は動き、酒をつぎ左手はコップを口に持って行き、口は酒を飲み込む、又元の位置にかえり同じ動作を繰返すのである。酒は順廻しでビンに戻るから決して空にならない。猿の方はシガーを右手に持ち徐々に口に持って行く、口は開きシガーの煙を充分吸込むと手は元の位置に戻り、同時に猿は目をつむり、鼻から煙をはき出し左手は胸におく、其表情は如何にも一服のタバコを心ゆく迄に吸った形である。私達は面白くて飽かずに此動作を眺めていたが、其当時で四、五千法の正札のついた此玩具は流石に買手はないと見えて売れてはいなかった。テーブルの用意が出来たと知らせに来たのでそろそろ食堂へ這入ろうと大きく左右に開かれたガラス戸の入口にさしかかると何か書いたものがはってある。何かしらんと注意すれば、此店で食事をした有名人の名前であった。曰くスエーデン国王、当時退位されてから間もないスペインの王様のアルフオンソ十三世、××殿下、××閣下から死んだテノールのカルーゾなど其他知らないけれど、エラそうな名前が並んでいた。

地中海の波を窓下に見下して、明るいガラス張の食堂は細長く大して広くもなく騒々しくもない。料理を注文している間に一台の野菜車がテーブルの横につけられた。純白の布の上に並んだ清潔な籠には二月と云うに早くも出て来た温室作りの蚕豆、セロリー、トマト、其外なんだか忘れてしまったが生で食べられるハシリの野菜、これは食前にほんの少しつまんで食べる為である。若い生のソラ豆の皮をむいて一寸塩をつけて食べるのは此店で覚えた。野菜車が行ってしまうとオルドーヴルの車がやってくる。あらゆる工風をこらしたオルドーヴルの数々の中から好みのものを命じて皿にとらせ一々感心し乍ら食べる。次は魚に始まり肉と云う順になるが、こうした店ではオルドーヴルが相当念の入ったものの上に、料理の分量が多いため数々の品を注文するのは愚の骨頂である。私達はヒラメを食べる事に決めたのだが三人で食べるのに二尺近くもあるものを丸ごと大皿に出されたのだから、たとえ如何にガン張っても一品以上は胃袋に余地がないことになる。此料理は錫製の大皿にバタで味をつけた菠薐草を敷き、其上に酒で煮たヒラメを丸ごと置く。チーズとキノコと小海老と白葡萄酒で味をつけたクリームソースを全体に流し其まま皿ごとオヴンに入れて上皮が狐色にこげる位焼いたものであった。魚が此上なく新しい上に調味料が極上であってみれば味も間違う筈はなく、例え素人がこれ丈けの材料を使えばやりそくなっても不味い物は出来るわけのものではない。熟練されたシェフが是等の材料を自由に使って彼個人の名声の為に腕を振うなら、どんな味に出来上るか想像するだけでも楽しくなるというもので、ましてそれを現実に味うことは此世の極楽である。其次に私達の食べたのは温室造りのアリコ・ヴェール、つまりサヤ隠元であった。長さ二寸位の形の揃った細い若い新鮮なサヤ隠元をよくゆでて水気を切り上等なバタの上で水分の全く引く迄ころがしたこの野菜独特の軟かさと品のよい味は舌の上でトロケるようである。次はオムレツ・ノルヴェジャンをえらんだ。ノルウェーでは本当にこういうものを食べるのか知らないけれどアイスクリームの表面に玉子の白味にキルシを入れて泡立てたものを塗りつけ、極めて熱いオヴンの中へほんの一瞬間入れると白味は狐色に焼けても、まだ中身のアイスクリームは冷く、とける間もない時に取出して興ずるのである。上皮は熱く中は恐ろしく冷たいというぃわば料理の軽業で、こういう料理には私はあまり共鳴しないのだが子供が面白がって食べたがるので、それもよかろうと選んだのであった。最後の果物からコーヒーに至る迄、黒前掛（酒係の給仕人）は私達のコップを絶えず注意して少しでも空にならぬ様気を配った。白前掛（皿運びの給仕人）は二度もテーブルに新しいナプキンを敷き替えた。此店のテーブルは純白なテーブル掛がかかっている上に更に客の代る度に新しい大形のナプキンを敷いて一点のシミもシワもない白布を次々と替えて行くのである。子供が一滴のソースをたらした時、直ぐ後にひかえていた白前掛が新しい糊の着いたのを敷き替え、私のシガレットの灰がこぼれ落ちた時に更にもう一度之を替えた。こんな所でお行儀悪く食べこぼしでもするならナプキンは何十枚となく替えられて定めし居たたまれない程赤面する事だろう。何にもこぼさず食べてもコーヒーを飲む所で一度新しいのに替えてくれるらしい。之は隣りのテーブルで判った。皿が替る度にスモーキングの給仕長がやって来てお味は御気に入りましたかとたずねる。彼は数テーブルを受持ちどのテーブルに落度がないか、順調に運んでいるか、鷹のように眼を光らせて周囲に気を配って居る。万一スープが運ばれてもスプーンが遅れたり、客の皿にパンがなくなったりすれば忽ち飛んで来て之を正し、且つ部下の白前掛を手足の如く動かし、食事中のサーヴィスの全責任を負うのである。最初テーブルを決め料理の注文を取るのも此給仕長である。其眼の配り方、直ちにとんで来て必要な事をやってのける動作がいかにも鷹に似ているので私達は給仕長を鷹とよんでいた。従ってラデイシォン（お勘定）の時に此給仕長へ一番多く、次に白前掛と酒係と三人に別々にチップをやる必要がある。こうした大店ではお勘定一割頂戴します等と野暮な書出しは決してしないから、あらかじめ事情通の人に店の格式と相場をきいておく必要もあるのだが慣れてくると調子は判ってくるから、店の様子に応じ勘定書の高に依ってわけなく見当はつくようになる。

此時御馳走になったからといって、後になって私達がイタリーに行った時、ミラノのガラリアにあるサヴィーニと云う一流店、(死んだカルーゾの気に入りの店)でエスカロープ、ミラネーゼを御馳走された時は、これは又別して素晴しい他の味覚で忘れ難いものだったけれど、紙数も尽きたので次の機会に譲るとしよう。

久里四郎さんの店

三宅艶子

BR《ビーアール》というレストランが、数寄屋橋の泰明《たいめい》小学校のそばにあった。ほんとうはブランシュ・エ・ルージュ（白と赤）という名前だったが、みんなBR《ビーアール》と呼んでいた。Blanche et Rouge とも書いてあったがB et Rと赤い板に白で書いた看板の方が目立っていた。「白と赤」とわざわざ日本語でいうのはへんだし、ベーエール《B et R》とフランス語読みにするのも気障《きざ》だ。ベーエールでは音のつづき具合も悪い。それでみんないつの間にかBR《ビーアール》と言うようになったのではなかろうか。

初めてその店にはいったのは、外から見た感じがなんとも言えず気持がよかったからであった。ボーイフレンドと映画を見た帰りに、ふらっとそこでごはんを食べることにした。

私もその友達もフランス語好きで、ボントンとかボンマルシェとかいう店がありさえすればはいって見る癖があったのだ（今のようにフランス語スペイン語その他とりまぜにたくさんの店がなかった頃には、フランス語の名前をつけたレストランやお菓子屋にはそれなりのゆかりがあったから）。

そこは名前のように扉をあけると、全体が白《ブランシュ》と赤《ルージュ》に統一されていた。壁は白。卓子と椅子は木の部分が白、シートは赤い革（その頃も模造の革はあった）、食卓には赤い花が白の花瓶にいけてある。灰皿も白い陶器に赤い細い縁《ふち》がとってあった。その赤の色が、ほんの少し朱がかったヴァーミリオンという色で、赤いどぎつさがない。室内の色がなんていいのだろうと感心してしまった。

私たちは仔牛のエスカロップを食べたような気がする。その後いくどか行った時に、何をどう選んだか覚えていない。最初の日は、その店のふんいきに感心してばかりいたのを思い出す。

そこの主人らしい人は（今思うとちょっときだみのるに似ているような感じ）知り合いの客を親しそうに話したり、時には料理の皿を運んだり、「いらっしゃいませ」とていねいに客を迎えて席につかせたり、している様子がなかなかよかった。

メニューもフランス式の横文字で書いてある（ずっと後にパリでレストランにはいり、メニューを見た時、どこかで見た書き方、あ、そうだBRのメニューみたい、と思ったのだからおかしい）。ヴァーミリオンの縁の白い陶器のドゥミタッスで食後の珈琲を飲む頃には「パリに来たみたい」な気分になり、うっとりしていた。うちに帰ると、早速「今日、ブランシュ・エ・ルージュって、とても感じのいい店に行ったのよ」と夫に話さずにはいられなかった。夫はすぐに「あ、それは久里四郎がこんど始めた店だろう」と言った。

夫の話によると、久里四郎という人は絵描きで、たしか春陽会に絵を出していたとか。ひところは奈良に住んでいて、志賀直哉やそのまわりの人たちと一緒に仕事もしていたという。その頃「白樺」に表紙を描いたこともある。「へええ、ブランシュ・エ・ルージュか」と夫は言い、感慨深げだった。共通の友達も何人かいて、いくども会いそうな時があったのに奈良や東京やパリといつもかけ違っていたのだ。奈良時代の志賀直哉のことにまで、夫はあれこれ思いを馳せている風であった。夫がパリから帰ったすぐあとで久里四郎がフランスに行ったらしい。「絵描きをやめちゃったって、きいていたけれど、いつ帰って来たのかなあ」とつぶやき「へええ、ブランシュ・エ・ルージュか」と夫はくり返して言うのだった。

そんなことから、BRにはその後いくどか行くようになった。久里四郎さんと夫も会い、話がいろいろあったようだ。私はひょっと街で見つけた、白と赤の趣味のいい店とだけ思ったのが、いろいろと拡がって「BRに行こう」「どこにしよう、BRではどう」などと、招《よ》んだり招ばれたりすることになった。それは嬉しいのだけれど、せっかく見つけた私の好きな店を、夫にとられたようで残念な気もした。

趣味がいい、と思えるくらいだから、すべてが地味な店でもあった。「白と赤」という名前だからといって派手な赤で飾りつけたりしないその色感のよさが、気の合う客を呼ぶ結果になっていたが、同時に宣伝などしたくても資金のある大きな店とは違って出来ないだろうから、「知る人ぞ知る」という感じで、「あ、いい店見つけた」と思った時のままの雰囲気がずっと続いていた。客で行く分には混んでいない方がいいが、経営する身としては大変だっただろう、と年をとってからはよく考える。

ちょうど中国との戦争も始まり、世の中は動いているので、いい人たちに愛されるレストランは生きて行けなかったのではないだろうか。何年続いたかはっきり知らないけれど、やがてBRはなくなり（私たちも今夜はどこに行こうか、などと言えない時代になったし）、久里四郎さんの消息も知らない。

思い出すのは、BRの料理。

いろんなオムレツがあった。仔牛の脳みそのはいったオムレツ。仔牛の肝臓《キドニー》の（細く切っていためてある）オムレツ。スペイン料理のようにピーマンやベーコンや茄子がたくさんはいった、パンケーキのような形のオムレツなど、好きな人には大変おいしそうだった。それにリドウヴァ（胸腺）などはその頃どこのメニューにもなかったのに、ＢＲにはよくあった。

私はずっと後で、ジョルジュ・シムノンの探偵小説を読んでいると、メグレ警視の好きな料理に、ＢＲのメニューにあった、と思い出す名前がよく出て来た。

そのたびになつかしく、また残念に思うことは、私が少女のようにパリ好き、フランス語好きのくせに、臓物の類がいつまでも好きになれず、せっかくのＢＲの料理も「これ、おいしそう」とひとにすすめるばかり、自分は、単純な仔牛のやわらかいところとか、とりの手羽肉ばかりを食べてしまう。ほんとうの久里さんの苦心の跡を味わえずに終ってしまったことが、もう戦後はなくなったＢＲにも久里さんにも申しわけないと思っている。

フライパン

森田たま

フライパン、――

窓のそとには、……窓といっても日本風の格子窓や引戸のそれではない。アメリカの田舎によくある粗末な木造洋館についているような、上下ひきあげの硝子窓、その窓のそとに一本のライラックの樹が植わっていて、うす紫のこまかい花が、ちいさな蝶々の群がりのように咲いていたから、季節は五月の末か六月のはじめ頃であったろう。折々の風に乗って、ライラックのあまく涼しい匂いが、部屋の中へも流れてきた。

郷里札幌の、友だちの家であった。いまからおよそ五十数年前、半世紀以上もむかしの話である。友だちも私も女学校四年生、いまの高校一年生で、一級上の中学生の画のモデルにたのまれて、日曜日毎にその友だちの家へ通っていたのであった。画家を志望していた中学生は、友だちの兄さんの下級生で、その縁からしょっちゅう友だちの家へ出入りしていたらしい。帽子をかぶった額だけ白いので、額から上の坊ちゃんというアダ名がついていた。略して坊ちゃんとも云った。

友だちはトンボと呼ばれていた。西洋人のように彫りの深い顔立で、眉毛と眉毛のあいだがせまり、その下に黒く大きな瞳がかがやいていた。かもしかのようにしなやかな脚を持っていた。坊ちゃんがどうしてその美人の友だちを描かずに、私にモデルをたのんだか腑におちなくてきいてみたら、うん、トンボより君の顔の方が画になるんだという答えで、油絵とは鼻の低い頬骨の高い奇妙な顔を描くものかと思った。

友だちの家にはお母さんがいなかった。お父さんと兄さんと女中の四人暮しであったが、その日はみんながるすで、家の中には友だち一人であった。午前中モデルにすわって、やがておひるになったので帰ろうとすると、友だちが、御飯たべていかない？　とひきとめた。

ライラックの緑の葉のゆれる窓際にちゃぶ台を出して、清水焼のうす手の茶碗をならべ、友だちがポンポン卵をわって白い丼の中でかきまわし、火鉢の上にフライパンをかざして、くるくると手ぎわよくオムレツをつくった。それからやわらかなかこいキャベツをさくさく刻んでなまのままオムレツにつけあわせ、白いお皿に盛って、さあとすすめた。

何でたべたかおぼえていない。ソースがあったようでもあるし、まだなかったようでもある。塩をふりかけたかそれともおしたじか、すっかり忘れたけれど、ライラックの花のうす紫とオムレツの黄いろと、それから食後にたべた苺の紅とが、いまも鮮やかに眼に残っている。空はもちろん北海道特有の深いコバルトに晴れていた。

いま、ふっと気がついた。明治四十二年、一般の家庭にはまだフライパンはゆきわたっていなくて、友だちがオムレツを焼いてくれたのは、長方形のふたのない玉子焼鍋であったかもしれないという事である。自分の家の台所には、もの心ついた時からフライパンがさがっていたので、オムレツはフライパンで焼くものと思いこんでいたせいかもしれない。わが家のフライパンは、父が応接間の革張りの肱かけ椅子や揺椅子や、網目レースの白い蚊張、ナプキンとおぼしきリネンの反もの、やけに大きな銀のスプーン、フォークなどとともに、北海道開拓使として来ていた外人の誰かが本国へ引きあげる時、その人から買い受けたものにちがいなかった。あめりか人かふらんす人かわからないのは残念だが、自分では何となくふらんす人らしい気がしている。

西洋料理というものをはじめてたべたのは、小学三年生の時だから、明治三十六年である。明治天皇が行幸の折、そのお宿に建てた豊平館という純粋の洋館は、札幌でたった一軒だけ西洋料理をつくる家だったが、そこは上流紳士の会合にだけ使われて、一般人は出入りができなかった。ある夕べ、そこで開かれた宴会に、父が何かの都合で出席しなかったところ、豊平館からわざわざ当夜の料理を届けてくれたのであった。オムレツとカツレツとシチウの三皿で、出前持ちのさげて歩くような箱にはいっていた。

淡路島の生れで、明石鯛やバイの味をなつかしみ、北海道のさかなは大味だと云って、茄子のしぎ焼ばかり食べているような母が、生れてはじめて西洋料理を口にして、世の中にはこんなおいしいものがあったのかと驚嘆した。母が驚くくらいだから、子供がそれにならわぬわけはない。朝も夕もフライパンが活用され出した。

それまで村井弦斎の「食道楽」をお手本に、いろいろな料理に熱中していた母は、たちまち西洋料理のつくり方もおぼえた。フライパンにバターをジュッととかして、ミルクでのばした卵をながしこみ、くるくるとかきまぜてふわっと焼きあげる。つけ合せには玉ねぎの刻んだのを、これもバターで狐いろにいためてくれた。私はこのオムレツが大好きで毎朝たべてもあきなかった。御飯ではなく、トーストにそえてたべたおぼえがある。やはり開拓使の影響によるのであろうが、札幌には早くからおいしいパン屋があった。

母はカツレツはあまり好まなかったらしく、そのかわりシチウはよくつくった。肉と玉葱人参、じゃがいもをフライパンでいため、お湯をさしてゆっくり煮込み、やわらかくなったら塩、胡椒とおしたじで味をつけ、おろしぎわにとろりと葛をながしこむ。母はこれを大和シチウと名づけて、田舎から客がくるとご馳走した。田舎の客はよろこんでおかわりをした。

フライパンで忘れられないのは焼き肉で、これはどういう経路でわが家へ輸入されたのか知らないが、西洋料理よりすこしあとで、ときどきやるようになった。まず卓の上に七輪を持ち出し、よく火がおこったらフライパンをのせて、牛肉のあぶらをていねいに、フライパンを拭くようにぬってから、うす切りの肉片をならべる。肉がじわじわと焼けてきて、表面に血のいろが浮くようになってきたところでお皿にとって、おしたじと胡椒でたべる。たべてもたべてもあとをひき、子供でも五十匁ぐらいわけなくたべてしまうので、そうたびたびはしてもらえなかった。お狩場焼きなどの元祖であろうか。いまでも私はこの素朴な焼き肉に一ばん愛着を持っている。

日本の台所にフライパンがはいってきて、料理というものがどんなにたっぷりした味になったか、私はこの何の奇もない一枚の鉄なべが持つ、はかり知れない魅力にときどき驚きを新しくする。三十三の厄年に大病をして、それ以来自分で料理をする事はなくなったが、何かのはずみで台所へはいって、ふっとフライパンを見ると、思い出は雲の如くわきいでて、何ともいえずなつかしい。フライパンこそは古くしてつねに新しいわが一生の友であった。

（「厨房の友」より）

ご馳走帖　①

人生にオムレツの匂いは流れる

たまご料理の中でいちばん美味しいものはなにか、と問われたら、オムレツ、と答えると思う。オムレツ、という言葉の響きがいい。バターの香りの幸せがトロリと溶け込んだあの黄金色がいい。優しい気持ちを包んだらこうなる、そんなふっくらとした盛り上がりがいい。心をトロケさせるトロトロ感がいい。そして、何より美味しい。

だが、いや待てよ、と思う。森茉莉の「卵料理」を読むと、目玉焼きが何とも美味しそうである。「周りが紅みのある卵の殻に少しローズ色のはいった色をした厚みのある西洋皿にのった目玉焼き」、そんな描写に出会い、いや、やっぱり目玉焼きがいちばん、と思えてくる。そして、そこだけ光を当てたように輝く柔らかな黄身をスプーンですくって口に運んでみたくなる。きっととろけるような濃厚な味わいに心を奪われてしまうだろう。それなのに石井好子さんのエッセイを読むと、スフレオムレツを無性に食べたくなってくる。「たべるとスフレは口の中でとける」、どんな風に？　これはもうスフレオムレツを作ってみるしかないではないか。そう思いながら福島慶子さんのエッセイを読むと、オムレツ・ノルヴェジャンなるものを知らずして次には進めない、と思い始める。ならば、ここで寄り道してでもその正体を突き止めておくことにする。このオムレツ・ノルヴェジャンはこんな風に作る。

たまごの白身を泡立ててメレンゲを作る。これでアイスクリームを包み、熱したオーブンの中にほんの一瞬入れて焼き色をつける。すると表面は狐色に焦げ、中のアイスクリームは冷たいままのデザートが出来上がる。ふんわりと雪に包まれたような姿が北欧を連想させることから名づけられた一品である。

また、三宅艶子さんのエッセイを読むと、「いろんなオムレツ」という言葉に反応し、頭の中にたくさんの西洋皿が並び、その一枚一枚に、カタログのようにオムレツのビジュアルが並び始める。さらに読み進み、森田たまの「フライパン」を読むと、ふむふむ、やっぱりオムレツだ、と思う。森田たまの描写が実にいいのだ。

「ライラックの緑の葉のゆれる窓際にちゃぶ台を出して、清水焼のうす手の茶碗をならべ、友だちがポンポン卵をわって白い丼の中でかきまわし、火鉢の上にフライパンをかざして、くるくると手ぎわよくオムレツをつくった」

季節は初夏になろうとする頃。ライラックの花のうす紫、オムレツの黄色、深いコバルト色の空。オムレツの中に風景が溶け込んでいる。北海道で食べるオムレツは美味しそうだなぁ。

オムレツ……。そう口にするだけで、オムレツの味とかたちが心にふわっと広がり、人生がトロリと美味しくなって来る気がする。森茉莉→石井好子→福島慶子→三宅艶子→森田たま。それぞれの玉子のふわふわ。本の中から黄金色のオムレツの匂いが、ふわ～っ、と流れて来るようではないか。

第二章

伊達巻を食べるのが、この世の楽しみの一つ

玉子料理

中里恒子

玉子料理と言っても、わたし流のは、至ってポピュラーなもので、誰にも出来る種類のもの。

春になると、何故か玉子を使うことが多い。うちでは、ちゃぼを飼っているが、寒中は、玉子をめったに産まない。春になると、毎日のように産む。

ちゃぼの玉子は小さいが、黄味の厚みのあること、丸まるして、ほごすのに、買った玉子の倍もかかる。それだけ質がいいのである。

生みたて玉子あり升、などと、以前は、農家に張紙があったが、もう、全然見かけない。わたしは、ちゃぼは鑑賞用に飼ったのだが、鳥屋が持ってきた翌日から、玉子が生まれたので、びっくりした。

生あたたかく、殻が厚く、割るのもやさしくしては駄目で、かあんと、ぶつけて割る。臭味もなく、そのまま飲んでも、ゼリイのように、つるんと咽喉を通る。

ちゃぼ玉を少量のみりんと、酒と、醬油で割りほぐして、素焼の玉子焼器で焼くと、ふわあっとして、よい香りがある。

玉子焼には、桜えび、三つ葉を入れて厚焼にする。大根おろしに、出し醬油をかけるだけ。

オムレツは、ベーコン、トマト、青ものなど入れて、柔く焼く。中味に、またポテトフライ、ひき肉、きざみねぎを入れて、ウスターソースで食べる。

一回の玉子は、大は三個、ちゃぼ玉は四個位、すぐ出来るので重宝。

本格的に玉子焼をするときは、だし巻で、中には何も入れない。だし加減一つでおいしい。茶碗むし。白身魚の玉子とじ。かにの身と、玉ねぎのうす切に、とろ味とうす味をつけ、玉子でとじたフーヨーハイ。これは小えびを使ってもよい。プレーンなオムレツも、食欲のないとき、パン代りに、熱いコーヒーで食べるというように、料理などと言えたものではないが、わたしは、玉子そのものが好きなのである。

ほろほろの煎り玉子、又は塩味のうす焼玉子を千切にして、あたたかい御飯に沢山のせて、鰹節のかきたてをいっぱいかけて、梅干の柔かいところをきざんでのせ、青のりをかけ、これを、まぜ乍ら食べる。

猫の御飯？　とんでもない。

この玉子とかつおぶしと、のりと、梅干をのせた上に、又、御飯をのせ、同じように繰り返して作る二段、三段につめてくれた、学校時代のお弁当のおいしかったこと……

それを、今でもやっているだけなのです。

東京の王子の扇屋の玉子焼は、その頃でも名高かった。落語で、狐が人間にだまされたあの店です。あれ、本当にあったことなのかしら。そうそう、親子丼もうまく作れる。

美味《うま》さ

住井すゑ

〝九十まで生きたおれん家《ち》のじいちゃん、よく言ったっけ。この世で美味《うま》いのは、一、とろ、二、たま、三、うなぎだって〟

戦後間もない時だったから、今からでは三十余年も昔だ。だが牛久村《むら》でも一番の精農家で通っていたN君のこのハナシは、不思議と耳底にこびりついている。一つには私自身、一、とろ、二、たま、三、うなぎ組のせいかもしれぬが――。

一、とろのとろはマグロのとろではなく山芋（薯蕷）で、山野に自生するのが自然《じ》生《ねん》。田畑に栽培されるのが捏薯《つくねいも》、長芋《ながいも》。また、地域によってはその形状からいちょう芋ともよばれている。しかし食膳に上るときは、みな一様にとろろである。

シッキム地帯（ヒマラヤ山脈南麓）の事物におくわしい安田徳太郎氏から、先年うかがったことだが、彼の地でも山芋はやはり〝とろろ〟とよばれているそうだ。それは民族的に何かのつながりがあるからのことか、それとも山芋そのものの特質が民族をこえて同一感覚をよびさますのか、そのへんの消息は、残念ながら私にはわからない。けれども山芋と人間のつき合いは極めて古く、農家のじいちゃんが美味の第一に挙げる秘密も、案外このあたりにひそむのではないかと興味は尽きない。

これもまた私自身、何よりもとろろ好きなからだろう。なかでも、ふるさと大和で栽培《つく》られる捏薯《つくねいも》の魅力はまた格別。恐らくは土質によるのだろうが、不規則な塊状の捏薯は、見たところ、ちょっとグロテスクだが、すりおろすと目のつんだ絹織物のようなつややかさで、だしでのばせば何倍にもふえる。しかし私は幼い頃からすりおろしたままのが好きで〝おまはん、よくよくとろろ好きや。普通《なみ》では濃《こ》すぎて、そんなん、食べられへんがなア〟と、いつも母に笑われた。その嗜好に今も変りはなく、だしでのばされたのは、とろろとしての味が希薄というよりも、なにやら異物のようで味気ない。

ちなみに、芋を生食するのはアジア地域だけで、西欧にはこのような食習慣はないと聞くが、これは米を主食にするか、しないかにかかわることなのではあるまいか。

〝麦めしとろろ十八杯〟

故のないことではなさそうだ。しかしせっかくのその米が、今や年を逐うて食卓から遠ざかろうとしている。殊に若い世代は、めしよりもパンやラーメンがお好きとか。

こうなっては、残念ながら、とろろは〝一、とろ〟の座を下りるしかあるまい。いや、もう既に下ろされて、代りにハンバーグが食卓に居すわる家が、このあたりでもふえてきているよし。どうりで長芋の美しい紅葉を畑地で見かけることもなくなった。ただわずかに、茶の木株に巻きついた自然薯の蔓葉が、一族の名残のように黄ばんでいる。見るほどに、万感、胸に迫るものがある。

さて、〝二、たま〟のたまは鶏卵である。〝おらあ、がきめのころは、風邪《かぜ》で寝込んだ時でもなけりゃ、鶏卵《たまご》なんか食わせてもらえなかったもんヨ〟

〝なのに今のがきめときたら、毎日、おかずに卵焼きだ〟

〝それでよろこんでいるかというと、卵焼きなんかご馳走じゃねえとぬかしやがる。罰たかりなハナシよ〟

年老いた近所の農婦たちはなげく。むりもない。幼い日の彼女たちには、一個の鶏卵はうまい食べ物というよりも、手のとどかぬ宝物《たからもの》に見えたにちがいないのだ。それというのは、他の食べものにくらべ、鶏卵はなかなかにたかかったからだ。私の記憶では、明治、大正、そして昭和敗戦まで、鶏卵一個はいつも豆腐一丁と同じ値段だった。豆腐と同じ値段だということは、鶏卵が非常に高いということで、農婦たちはそれを次のように解明する。

〝一丁の豆腐は四人、五人のおかずになるけど、一つの鶏卵は二人でわけるのもむりなハナシ。だから、勿体ねえのヨ〟

それで農婦たちは鶏卵を売って豆腐にかえた。といっても、むろん、それとて、ほんのたまさかだが――。それが現在《いま》は豆腐一丁、それも以前にくらべずっと小ぶりなのが九十円。一方、鶏卵は二十五円そこそこである。

〝どうしてこんなにもひらきが出来たのだろうか〟と、私は不思議だ。

しかし、そんな疑問はおろかなこと、と、おそらく人は笑っておしえてくれるだろう。〝昔と今では鶏の飼い方がちがうんだよ。昔は大きな農家でも飼うのは精切り十五、六羽で、鶏めらは屋敷まわりをうろついてはみみずをほじくったり、こおろぎを追っかけたりしてたもんだ。それがいまや資本家が工場みてえな鶏舎をでんとおっ建ててさ、餌といえば輸入もの。それが又ちきしょうめらには性に合うと見えて、年中、休みなしに卵を生《な》すっていうから、こりゃもう大量生産も大量生産。おかげで以前の鶏卵のようにはうまかねえけど、そのぶん、値が安くなったから、がきめらのおかずにはちょうどどというわけヨ〟

けれども、一つ、また一つと卵をうみ落す鶏の苦しみに、今と昔の変りはあるまい。それを値が安いからとて有難味うすく食べ散らす世代――。〝二、たま〟の感覚など、もはや有るべきはずがない。

では〝三、うなぎ〟のうなぎはどういう仕儀になってるだろうか。

曾ては何人もがうなぎ漁で生計を立てていた牛久沼。けれども今やうなぎ捕りの舟など一艘も見かけない。それでいて、沼畔には〝うなぎ〟を看板にする店がずらり並んでいる。〝あれはみんな養殖もので、浜松へんからくるらしいよ〟
六、七年前まではそういう噂だった。ところが最近は、〝あれは台湾もので、ちゃんと白焼になってはいってくるだそうな。だから地《じ》ものとちがって、皮がゴムみてえで、さっぱしうまかねえってハナシだ〟
ハナシだからどこまでほんとなのか、それはわからぬ。しかし、わが家の猫くん、利根川の天然鰻には夢中でとびつくが、店売りの鰻は跨いで通る。やはり、どこかちがうのだろう。

だが、しかし、この台湾鰻も、ふるさと台湾《そこ》では本場もの。台湾で食《しょく》せばすばらしく美味なのではなかろうか。いや、それはもう絶対うまいにきまっている。それを白焼にして、はるばる空輸して、そして牛久沼畔で味つけをして……そんなのは調理でもなければ料理でもなく加工だ。このような加工品に鰻の味を期待するのはおよそナンセンス。

そんな、こんなを考え合わせると、曾て花森安治氏が〝もの、みな、悪くなりゆく……〟となげかれたのが思い出され、もはやこの世に美味を求めるのはむりなことかと淋しくなる。けれども生きているうちは、やはり少しでもよりうまいものに恵まれたいとの欲望はすて切れない。そこで、より美味いものはあれか、これかと思いめぐらすうち、はっと気がついた。実は絶対間違いなしに美味いものを、私は毎日毎日口にしていたのだ。竈で炊いた飯《めし》と、無農薬野菜のおかずである。

〝だってそうでしょう。どんな珍味でも、もしかしたら中毒《あた》るんじゃないかと、心配しながら食べるんでは、ちっともおいしくないですよ。その点、わが家の食事は絶対安全で、日ごろ、食べるとか、食べてるとかの意識さえ働きません。結局、最高の美味は安心が生んでくれるんじゃないですかネ〟

力《りき》むつもりはないが一言添える。

富士日記より

武田百合子

（昭和四十一年）十二月三十一日（土）　晴のちくもり
朝　ごはん、大根とさといもとさつまあげの煮たの、のり、うに、鯖味噌煮（主人だけ）。

昼　パン、ハム。パンを食べたくない主人だけ、かけうどん。

十時ごろ、バカストーブ届く。芯取替代金二百円。

一日中煖炉を使い、灰が飛び散るので、掃除はざっとしておく。

午前中、チョコレート入りケーキの台を焼く。午後から生クリームを作って、台の上とまわりに塗りつける。台の上の飾りは花子がつけた。花子は残った生クリームで、ポコの食器皿の中へ花型に押し出して、ポコにもデコレーションケーキを作ってやる。犬は嬉しそうに、少しずつ食べる。

暗くなったころ、昼寝をしに二階へ上っていた主人が、ズボン下姿で、ドアを開けて「風邪薬とおユウ」と言って、またすぐひっこんだ。改源と魔法水筒のお湯を持ってゆく。昼飯に食べたハムが冷たかったので、昼ごはんのあとすぐ悪寒発熱して、あわてて二階へ上って黙って寝ていたという。熱が大分ある。「冷たいハムが胃に入って、胃が風邪ひいたかなあ。風邪は肺がひくと思ってた」というと「朝方のくもり空の散歩のしすぎもある。それとビールの飲みすぎ」といって、ふとんをかぶってしまった。頭と肩のところにタオルをふかふかに巻いてやる。

夜　卵、白菜、ねぎ、キャベツ入り雑炊、ソーセージのかんづめをあける。

主人、雑炊を一膳食べて、そのままずっと眠る。

私と花子は、昼のうちに正月料理を重箱に詰めてしまったので、ゆっくりと、紅白歌合戦と、ゆく年くる年を観る。

外はくもっている。テレビは十二時ごろ、京都大徳寺からの中継をやった。京都では雨が降り出して、ひどく冷えこんできた、といった。二時ごろまでテレビを観ていた。くもっているが、台所も凍らない。

正月料理重詰め品書き。

くりきんとん、昆布巻、伊達巻、紅白かまぼこ、田作り、酢だこ、なます、蓮、こはだ粟漬。

雑煮のだしをとって、とりの団子を作っておく。

今年は伊達巻をよく調べないで、安いのを買ってしまった。うっかりした。伊達巻を食べるのが、この世の楽しみの一つである私なのに。今年買った伊達巻は、イヤにつるつるぴかぴかしていて、おいしくなさそうである。百五十円である。いいのは四百五十円である。


(昭和四十二年) 八月十二日 (土)　晴、夕方俄か雨あり
朝　ごはん、のり、まぐろ油漬、大根おろし、じゃがいも味噌汁。

昼　ベーコン入りふかしパン、紅茶、トマト。

オムレツを作って、工事の人の昼食のおかずに出す。職人は今日は三人。一人は午後来る。煉瓦を積む工事。水平器を使って糸を張り、煉瓦をのせては金槌で軽く慎重に叩く。コンコンといういい音をたてては積んで、細いコテで間にセメントをつめてゆく。煉瓦は水を入れたドラム缶の中に一たん浸ける。それから使うのだ。

三時は大学芋を作り、西瓜を切って出す。

管理所にて。バター百八十円、パン四十円。大岡さんの郵便をついでに持って、花子の織り上りの布の目が荒いので、原因を訊きに行く。丁度、玄関の前の松の木の枝

を下ろしていた奥様と立ち話する。

夕方、風が急に吹いてきて雲がひろがり、大粒の雨降ってくる。工事の人たち雨の中で煉瓦を二段ほど積む。それから急いで駈け上って帰る。

夜　花子の注文で。三色ごはん（卵、のり、ひき肉）、刻みみょうがにかつぶしをかけたの、レタスマヨネーズかけ。主人、歯が少なくなったので「こういう御飯が面倒くさくなくていい」と言う。

夜、雨やみ、月が雲の中から出る。しかし、西の空でいなずまが光る。ながいあいだ、思いだしたように光る。昨日今日、食卓にくる蜂は、赤インキをつけた蜂ではなくなった。あれはもう、死んだのだ。

新聞に青野季吉夫人の死亡記事。ここに家を建てる前は、十年余り続けて夏は角間〔長野県〕に行った。その間の何年かの夏は、青野先生御夫妻と同宿だった。末っ子の坊ちゃんを連れていた。原稿や速達を出しに行った帰り、湯田中駅のバス停のベンチで、角間行の夕方の最終バスを一緒に長いこと待ったりした。奥様はたいてい青野さんか、坊ちゃんと一緒だった。

（昭和四十三年）六月三日（月）　くもり

十時、赤坂を出る。有職のちまきずし三十本注文して、出がけに寄って車にのせる。東洋文庫の残りものせる。黒ビール一打。「文学界」対談資料も忘れず。ついでに食品少々。

一時半、山に着く。

昼　主人、トースト、とりのスープ。私は朝の主人の焼飯の残りを食べる。

大岡さんにちまき半分届ける。

夜六時、二人、大岡家へおよばれ。
○ビール
○湯葉の煮たのの上に山椒の葉一枚のせたもの
○ワラビの酢のもの
○山ウドと椎茸の甘煮
○かに、にんじん、椎茸の卵とじ
○かにコロッケとトマト
大岡家の御馳走（ビール以外は、全部大岡夫人が作ったのだ）とてもおいしい。

デデは一昨日、うちでおむすびを食べすぎたらしい。今日はあまりもらえない。テーブルの下で私の足を噛んでいる。大岡さんに判らないように噛ませる。

大岡家のかにコロッケの中味のこと

○ホワイトソースの中にゆで卵を入れると、固まり易くていい（奥様の話）。

昏れがた、松の芽がいっせいに空に向ってのびているのが、くっきりと目にたつ。花札の絵のようだ。心がざわざわする。私の金銭欲と物欲と性欲。

巴里日記より

林芙美子

（一九三一年）十二月二十三日

私は巴里へ着いた。

ああ、ほんとうに巴里へ来ているのだ。さまざまな雪のなかを走ってきたシベリアの汽車を捨てて、ポーランドで乗りかえ、幾日かをベルリンでおくり、いまやっと私の大きい汽車は、巴里の北の停車場へ着いたのだ。六時二十分。霧のような小雨が降っていて、まるで黄昏のような夜明けである。何と云う暗い停車場だろう。どれが赤帽なのだか少しもわからない。Au BONMARCHE, 駅の前の広告の青いネオン・サインが不図眼にうつる。

巷に雨のふるごとく
涙ながるるわがこころ
胸のさなかにしみ入りし

このなやみこそなにならん。

ヴェルレエヌの詩が何故ともなく胸をついて来た。誰も迎えてくれる人もなく、また誰に逢うと云うひともない、そんな旅人の哀しさが、私をとまどいさせている。——有為転変と云っていいのか、私は自らの激情にまかせて迎えたこの怖ろしい運命の旅を、これからどんな風にして突き進んで行っていいのかわからない。呆然とした気持ちで、私は数個のトランクを、ひとりで汽車より下す。私は着物を着ているので、皆が、私を珍らしそうにながめてゆく。ベルリンから一緒だった若い女のひとが、私に何か話しかけてくれたけれども、黙ってしまって、私は途方にくれている。

自動車の運転手らしいのが、私に話しかけてきて、私のトランクをさっさと停車場の出口へ持って行った。やっとの思いで、私は小さいホテルを紹介してくれと云うことをその男にたずねてみる。

巴里の夜明けは寒い。

私は自動車が来る間に黒いコートを着た。黒いコートを着て紅い肩掛けをして駒下駄をはいているところは、まるで神田にでも使いに来たようにも思える。何しろここが巴里なのだとは……。

運転手はとても親切であった。私は友人M氏の住居であるダンフェル・ロシロ街を、何度も運転手に訊いてみた。いい宿がみつからない時はその友人のところへ行ってみようと思ったけれども、あいにくと私の発音は少しも通じない。

セーヌの橋を越えて、十四区への長い道中を自動車にゆられてゆく。不安で仕方がないけれども、運転手は探してくれると云っている。十四区をぐるぐるまわったけれど友人のところがわからないので、エガール・キネエ街のシャロットと云う安宿へ自動車をつけてもらった。

ごみごみして暗い部屋だけれど、一週間ほど泊ることにする。自動車は三十四フランも取られた。

暗い部屋にトランクを置いたままぼんやりとつっ立っている。八時半だけれど巴里の空はまだ昏い。私の部居は庭口からすぐはいれて便利だけれど、昔は物置にでも使っていた部屋かもしれない。何しろ窓が一つしかないので、灯火をつけないことには何も見えないのだ。壁は黄色の花模様、ベッドはそまつなものだし、洋服箪笥は印度人の棺桶みたいにいやに大きい。一時間ほど、コートのままでベッドへ横になってうとうとしてみるけれど、空腹と寒さですぐ眼が覚める。スチームがあるけれど、少しもあたたかくはない。

お金をトランクへしまって、小銭を持って雨の降っている街へ出てみた。遠いシベリアの旅行が、いまではどうしても嘘のようで、私は巴里の街を歩いているような気が少しもしないのだ。風呂へもはいりたいし、熱い炊きたての御飯もたべたい。

私とすれ違う人がみんなふりかえって私をみてゆく。紫銘仙の着物に、黒いコートを着て、下駄をはいている私を見て、犬さえ私に吠えかかって来る。——昏い街の辻々には花屋が出ていて、真珠のような白い粒々のついたやどり木を売っていた。ピンクのカーネーションも、ミモザの金色の花も美しい。果物屋がある。野菜屋がある。リンゴを買うつもりで手に取ってみると、リンゴはいたんだのが一箇三十銭も四十銭もする。オレンジも高い。玉子は一つが十五銭もする。私は驚いて口も利けなかった。小さいカフェーにはいって、赤いゆで玉子と、三日月パンとコーヒイで朝飯を済ませた。

コーヒイがおいしいので嬉しくなった。熱い黒いコーヒイがガラスのコップにはいっている。パンはバタがついているようにふっくらしていて、舌にとけるようにおいしかった。赤いゆで玉子はえんぎがいいと思った。

男も女も私をじろじろ見ている。

ここが巴里なのだ……、私は雨の降る街を硝子戸越しに眺めていた。

帰り、パン屋で長い棒のようなパンとバタを買って帰る。

夜、掃除をしていて腕時計をこわした。

岡山の母へ手紙を書く。

――二十三日朝巴里に着きました。安心して下さい。別に誰の迎えもなかったのですが、元気で宿屋を探す事が出来ました。小石川辺のような処で、宿も安っぽいところです。真面目に勉強をしてゆくつもりです。巴里と云ったところで、少しも怖ろしい処ではありませんよ。元気でいて下さい。今日は、ただ元気で着いたことをお知らせいたします。またあとよりくわしくおたよりいたします。――

トランクから紅い毛布を出してベッドへかけてみる。夜はスチームもとおっていて部屋もあたたかだった。パンにバタをつけてそれで夜食を済ませる。ガスで湯をわかして軀を拭きたかったけれども、台所道具が何もないので早く眠ることにする。

（一九三一年）十二月二十四日
雨。
陰気でいやな日なり。起きて部屋の隅の洗面台で顔を洗う。鏡の中の私がいやにとげとげした眼をしていた。扉を開けると、犬のように大きい三毛猫がぬっと這入って来て気持ちが悪い。

また、昨日のカフェーへコーヒイを飲みにゆく。親爺さんは私を覚えていて、ボンジュウル・マドマゼールと挨拶をしてくれた。何となく落ちついて嬉しい気持ちなり。隅の席へ行って、赤いゆで玉子と三日月パンとコーヒイを註文する。

朝のコーヒイは熱くて香ばしくて大変おいしい。街路樹のマロニエの樹も黒い裸の幹だけで、いかにも淋しい巴里の街なり。時々、割栗石の広い街路を、馬車屋のような石炭屋が通ってゆく。

ノエルが近いせいか、あっちでもこっちでも辻々の花屋ではやどり木を売っている。日本の夜店のように、道ばたに沢山商い店が出ていた。小雨のなかを、傘もささないで沢山の人達が買物に出ている。

カフェーの帰り、私はエナメル塗りの黒い買物袋を買って、それへ色んなものを買って入れる。皿やナイフや、ヤカンや、ピエモンと云う伊太利米や、イークラや、玉子なんかを。自分の貧しい言葉で買物が出来てゆくのでうれしくて仕方がない。

昼はピエモンを炊いて、イークラをおかずにして食べる。天上にのぼる心地するなり。「米」のうまいことをしみじみと知るなり。

巴里は日本と同じようじゃないかと云う気持ちもして来る。

一ヶ月の生活の設計をたててみた。

部屋代一ヶ月三百法。

食費自炊二百五十法。

郵便料百法。

風呂と床屋代四十法。

電気ガス三十法。

雑費百法。

この位の処で生活を支えてゆけるとすれば、私の金はまだ二三ヶ月は大丈夫だ。明日、日仏銀行を探して、少しだけれどあずけておこうと思う。

一ヶ月の支出を、約七八十円で済ますこと。

夕方、辻の花屋でミモザの花を一茎一法五十文で買って来た。私は私の生涯のうちに、外国へ来てこんな生活の出来る日のことなんかを予想していただろうか。――夜になると、私はじっと四囲をながめてみる気持ちだ。窓から暗い戸外をのぞくと、モンパルナスの墓場の上の方で、サアチライトが明るく青い縞になって流れていた。

夜更け、雨があがったので、宿の近所を散歩してみた。通りすぎてゆく女の美しいこと、甘い香水の匂いがふっと旅愁をさそって来る。短いマントを着ている巡査も珍らしい。賑やかな通りへ出ると、カフェーのテラスには石炭が勢よく燃えているし、焼栗屋が出ている。日本の飴屋のようなカリカリと鳴る木の玩具を鳴らして大学生が通る。ノエルの晩なので、どの人も陽気そうに歩いている。明るい巷、蹄の音、女の笑う声、コップのふれあう音、自動車のサイレン、料理店の硝子戸の中はあたたかくて明るくて花ざかりのようだった。

靖国神社のお祭り

網野　菊

女学校に入学すると、近所の元同級生だった少女たちとも疎遠になって、一緒に山王様に出かけることもなくなった。その代り、近所にある靖国神社のお祭りによく行った。近年は、盆のみたま祭りその他、靖国神社のお祭りの度数が増えたようだが、もとは春秋の二度だった。靖国神社の馬場は広いから、サーカスなど、大仕かけの小屋が立った。歯痛みどめの薬を売る居合い抜きや、こま廻しの松井源水、がまの油売り、等々。おでんやも幾軒も出ていた。ろくろっ首（実際は子供だましの仕かけのもので恐くもなんともないものだったが）、手足のない娘、酒呑《しゅてん》童子、どこかの山中でとれたという大蛇、人形をつかっての胎児の成長過程を示したもの、「八幡《やわた》の藪しらず」などなど、私にとって気味わるい見世物小屋が多かったが、猿芝居は大好きで、幼い弟妹たちをつれて、よく見た。水中花、風車《かざぐるま》、お面、風船、ゆで玉子、いろいろさまざまのものがある。ゆで玉子というものは、子供の頃は、「大人になったら、思い切り沢山食べよう」と思ったものだが、年とった今は、沢山食べるどころか玉子は一日に一個という制限を自ら課している有様である。

二、三日前、近所の高級マンションに住む六十前後の或る夫人が来訪したが、先日の靖国神社のお祭りに行ったら、塩えんどう豆を売っていたから買って来たと私に話した。私は、それを聞いて、お祭りに行かなかったことを残念がった。夫人は続けて言った。

「主人もああいうもの好きなのに、自分では決して買えないのですよ。私は、電気飴を買いたかったけれど、買えませんでした」

その人は子供がなく夫君は元、或る県の知事だった人であり、また、夫人の父君は昔、東京府知事だった。電気飴というのは、私の少女時代は綿菓子と言っていた。私も幾度か買ったことはあるが、そう好きでなかった。食べずにいると、じき、すぼんでかさが小さくなってしまうからである。今日、当世風に名を変えて生き返っている所を見ると、人に好かれるものを持っているのであろう。

卵のスケッチ

池波正太郎

（A）

私が子供のころは、あまり、卵に興味がなかった。卵などというものは、病気にでもなったときに食べるものと、親も子も、そうおもっていた。

もっとも、これは東京の下町の場合で、山手《やまのて》ではどうだったか知らない。おそらく山手の子供たちは、卵に親しんでいたろう。

下町の子も、生卵へ醬油《しょうゆ》をたらし、これを炊《た》きたての飯へかけて食べることだけは好んだし、たまさかに、母が町の食堂へ連れて行ってくれたとき、食べるオムライスは大歓迎だった。

卵といえば、こんなはなしが残っている。

かの〔忠臣蔵〕で有名な大石内蔵助も、討ち入りの夜の腹ごしらえに、生卵を熱い飯にかけて食べているのだ。

元禄十五年（西暦一七〇二年）十二月十四日は、いよいよ吉良邸へ討ち入る当日だった。この日は現代の一月二十日にあたる。

大石内蔵助・主税の父子は、日本橋・石町《こくちょう》の小さな借家に住み暮らしていたが、十四日の夕暮れ前に石町の家を出て、日本橋・矢の倉の堀部弥兵衛・安兵衛父子の家へ向かった。

前日から降りしきっていた雪も、ようやくに小降りとなっている。

赤穂《あこう》浪士四十余名のうち、三分の一ほどが、この夜、堀部父子の家へ集まることになっていたのである。

堀部家へ到着した大石内蔵助は、瑠璃紺緞子《るりこんどんす》の着込みに鎖入りの股引《ももひき》をつけ、黒小袖に火事羽織という討ち入りの身仕度にかかった。

そのとき、堀部安兵衛の親友で、学名も高い細井広沢が、生卵をたくさんに籠《かご》へ入れたのをたずさえ、激励にあらわれた。

細井広沢は書家としても名高く、剣術は堀部安兵衛と共に堀内道場で修行を積んだ人物で、内蔵助も心をゆるしていた。内蔵助は自分が書いた討ち入りの趣意書を広沢に見せ、文章にあやまちがないかどうかを尋ねているほどだ。

折しも、堀部父子の妻たちは台所へ入り、腹ごしらえのための飯を炊きはじめていたが、そこへ細井広沢が生卵を持って来たので、

「ちょうどよい」

用意した鴨《かも》の肉を焙って小さく切ったのへ、つけ汁をかけまわしておき、一方では大鉢《おおばち》へ生卵をたっぷりと割り込み、味をつけたものの中へ、鴨肉ときざんだ葱《ねぎ》を入れ、これを炊きたての飯と共に出した。

このほかに、かち栗や昆布、鴨の菜の吸い物なども出したらしいが、内蔵助をはじめ一同は、何よりも鴨肉入り生卵をかけた温飯を大よろこびで食べたという。現代《いま》から約三百年ほど前の日本人が、生卵をこのようにして食べていたことがわかったのも、私が時代小説を書きはじめてからのことだ。いまも私は、大石内蔵助が食べたようにして間鴨《あいがも》と生卵を食べる。だれにでもできるし、なかなかにうまい。ただし、飯が、ほんとうの炊きたてでないと美味は減じてしまう。

鴨と生卵と温飯で腹ごしらえをした大石内蔵助は、亡き主君の浅野《あさの》内匠頭《たくみのかみ》・未亡人から拝領した頭巾《ずきん》をかぶり、討ち入り装束《しょうぞく》の上から合羽《かっぱ》をつけ、

「寒いのう。冷えるのう」

背をまるめて、つぶやきながら、積雪を踏んで吉良上野介の屋敷へ向かったのだっ

た。このとき雪は熄《や》み、耿光《こうこう》たる月が雲間からあらわれた。赤穂浪士が討ち入ったのは、翌十五日の午前二時前後だったろう。

卵といえば親子丼。これも、子供のころには食べたいとおもわなかった。それが、いまは親子丼を好むようになったについては、あの太平洋戦争の影響がないでもない。

むかし、横浜の弁天通りに〔スペリオ〕というカフェがあった。

さあ、そのころの横浜の、そして弁天通りの、こうしたカフェのことを、どのように表現したらよいだろう。

まるで、外国の港町に来ているようなおもいがした。

秋になると、弁天通りには霧がたちこめていて、外国の船員がパイプをくわえ、ペルシャ猫を抱いて歩いていたりした。カフェの女給さんたちも、東京では絶対に見かけない親切さがあり、モダンだった。

〔スペリオ〕の石川貞《さだ》さんも、そうした女性のひとりだった。私が〔スペリオ〕へはじめて入ったのは、まだ、少年といってもよい齢《とし》のころで、鎌倉の鶴岡八幡宮へ友人と初詣に行った帰りにハマへ寄り、散歩するうちに〔スペリオ〕へ入った。

たしか、鰈《かれい》のフライでワインをのんだようにおもう。女給たちは若い私たちをおもしろがって、いろいろとからかったりしながらも、親切にしてくれたものだ。

こうして私は［スペリオ］へ行くようになったのだが、いよいよ太平洋戦争になると、私も海軍に召集された。

そして、後に横浜航空隊へ配属されたのだが、東京は外出禁止となっている。そこで［スペリオ］へ行き、東京の家へ電話をかけさせてもらった。

［スペリオ］は休業中だった。戦争のために、酒も食物もない時代となっていたのである。

［スペリオ］の扉を叩くと、おもいがけずに石川貞さんがあらわれ、

「あら、正ちゃん。その恰好《かっこう》、何？」

と、私の一等水兵の軍服を指した。

「わからないの。海軍にとられたんだよ」

「へえ……あんたなんか、海軍へ入ったら、いっぺんに死んじまうんじゃない」

と、口ではやっつけておきながら、私を中へ入れて電話をかけさせ、自分はすぐに台所へ飛び込み、貴重な鶏肉と卵と海苔《のり》で、私のために親子丼をこしらえてくれたのだ。

そのうまさを、何にたとえたらよかったろう。おぼえず、泪《なみだ》ぐんで食べた。

このことがなかったら、私は親子丼を食わずぎらいのままに通してしまったかも知れない。

戦後に、石川貞さんは〔スペリオ〕のマダム（いま流行のママという、あまったれた言葉は貞さんにふさわしくない）となり、店を馬車道の近くへ移したが、数年後に郷里の長崎で急逝《きゅうせい》してしまった。

その後、貞さんの下ではたらいていた野村君江さんがマダムとなり、ハマの〔スペリオ〕はいまも健在である。

横浜へ行ったときは、かならず〔スペリオ〕へ立ち寄り、先代のマダムを、いまのマダムと共に偲ぶことにしている。

（B）

卵といえばオムレツ。これも子供のころには興味はなかったが、祖母や母がつくるオムレツというのは、ちょっとうまかったものだ。

いまでいうなら〔和風オムレツ〕というところか……。

先ず、牛肉の細切《こまぎ》れとタマネギ、小さく切ったジャガイモを、醬油、酒、少量の砂糖でこってりと煮ておく。これをオムレツの中身にするのである。

いかにも、むかしの東京・下町の女たちが考えそうなオムレツではないか。

そうして、食べるときにはウスター・ソースをかけるのだ。このオムレツは、いまも家人につくらせて食べる。

いずれにせよ、卵が〔傍役〕になっているときは、子供のときでも好んで食べたものだが、卵そのものが好きだったわけではない。ところが、たびたびフランスへ行くようになり、その田園をまわるようになってから、ようやくに卵の味がわかるようになってきたようにおもう。

フランスの田舎《いなか》には、城館や、その土地の貴族の居館などがホテルになってい、古めかしい旧態をとどめつつ、バス・ルームや洗面所だけは最新の設備をほどこしてある。野菜も卵も、その土地で生まれたもので、パンもジャムもママレードも手製だから、だれが食べてもうまい。

朝飯のときのコーヒー、しぼりたての牛乳、焼きたてのパン。そのパンがあまりにうまいのでナプキンで包み、昼飯どきに森の中や川岸へレンタカーを停め、近くの村でビールやらワインやらを買って来て、昼飯をピクニックの気分ですましてしまうことも毎度のことだ。

四年前に……。

マルセイユの旧港の岬を東へまわったところの地中海に面した入り江にある〔プチ・ニース〕というホテルへ泊まった。

このホテルも、このあたりの貴族の居館か別荘だったらしい。中年の主人はその後裔《こうえい》でもあろうか、人品のよい、ちょっとフランスの映画俳優フランソワ・ペリエに似ていて、料理の注文は主人みずからテーブルをまわって受ける。

この夜は、小海老が銀の小さな鍋に入っているオードヴルや、ヒレ・ミニヨンの青胡椒《あおこしょう》風味などを食べて大いに満足したわけだが、若い給仕がワインを運んで来て、年代ものらしい立派なデキャンタへワインを移しているとき、手がすべってデキャンタが落ち、音をたてて床に割れ散った。

ワインの香りが食堂にひろがり、若い給仕は顔面蒼白《そうはく》となって立ちすくんだ。

すぐさま、主人が駆け寄って来て、私たちに詫びた。

給仕は奥へ入り、ワインを運び直して来た。彼は、まだ蒼《あお》ざめてい、恐縮しきっていて、手がぶるぶるとふるえている。

あまりに可哀相《かわいそう》なので、日本から持って来た布製のカレンダーを給仕の手へわたし、

肩を叩いてやると、彼はびっくりしたようだったが、その後で料理の皿を運んで来たとき、フランス語がわかる友人のSへ、

「そちらのムッシューが、よき御旅行をつづけられますよう祈っておりますと、おつたえ下さい」

そういってくれた。Sが、私に通訳をしたので、私は立ちあがり「メルシ」といって給仕と握手をかわした。

彼は泪ぐんで、何やら低い声でいったが、私にフランス語はわからない。そこで二度、三度と、うなずいて見せたのである。

この様子を、彼方で主人が凝《じっ》と見ていた。

翌朝、食堂へ出ると、ホテルのマダムがあらわれ、

「義母《はは》が、わが家につたわったオムレツを一所懸命に焼いていますから、もう少し待ってやって下さい」

と、いうではないか。

私が、わずかばかり、若い給仕をなぐさめたことに対するホテルの隠居の心づくしなのだった。

隠居は、八十五歳になるという。

やがてオムレツができあがり、黒人の給仕が運んできてくれた。えもいわれぬバターの芳香が口中にひろがり、そのうまさについては同行したSやOが、いまだに、

「忘れられません」

と、いう。

旅情もあったろうが、八十余の老軀《ろうく》を調理室へ運んで、わざわざオムレツを焼いてくれた老女のあたたかい心情が、私にもSにも忘れられないのだ。

形にとらわれず、ざっくりと焼きあげ、わずかに焦げたところを見せた家庭《メゾン》プレーン・オムレツのすばらしさ。やはり、ただ焼いただけではなく、調理に秘伝のようなものもあったのだろう。

朝飯を終えると老女があらわれた。

礼をのべ、老女の額にキスをすると大いによろこんでくれた。

マダムは飾り棚から、古いバター壺《つぼ》を出して、私にプレゼントしてくれる。

ほんとうに、この日のマルセイユの朝はすばらしかった。

食物と料理と人の心は、このようにしてむすびついていて、その美しい記憶は、い

つまでも胸をあたためてくれる。

その後、私は二、三度、フランスへ出かけているが、マルセイユが旅程に入っていなかったこともあり、

（プチ・ニースの御隠居に、もう一度、会いたいけれども、あの高齢では、もう亡くなっているかも知れない）

失礼だが、そうしたあきらめもあったのだ。

ところが、つい先ごろ、同行したSの友人で東京の〔山の上ホテル〕の副支配人をしている秋山さんが、

「去年、マルセイユへ行ったとき、プチ・ニースへ泊まったそうです」

と、Sが知らせてくれたので、

「あの御隠居は、もう亡くなってしまったのだろうな」

「いえ、それがピンピンして、非常に元気だそうですよ」

「ほんとうか？」

「ほんとうです」

私は来年、またフランスへ出かける。

こうなると、どうしても〔プチ・ニース〕へ泊まりたくなってきた。

同行するSも、

「ああ、また、あのお婆さんに会えるんですねえ」

眼を輝かせた。

「もう二度と、会えないとおもっていたけれど……」

「また、オムレツを焼いてくれるでしょうか?」

ご馳走帖　②
百合子さん、伊達巻を作ってみました。

時々、無性に伊達巻を食べたくなる時がある。

実を言うと、伊達巻があまり好きではなかった。厚焼きたまごやだし巻きたまごのようなふわふわ感がない。少々人工的に思える見た目も気に入らない。そんなこんなで少しばかり敬遠していた。ところが、『富士日記』を読んでいた時に、「今年は伊達巻をよく調べないで、安いのを買ってしまった。うっかりした。伊達巻を食べるのが、この世の楽しみの一つである私なのに」という記述に出会って、武田百合子さんに「この世の楽しみの一つ」とまで言わしめている伊達巻とは？　と興味を持ち、少しばかり見直してみる気になった。よく考えてみれば、伊達巻をちゃんと食べたことがなかったことにも気づいた。

あれを食べてみたい、そう思った時の私の行動は、買うことじゃなく、作ることに向かう。食べ物に関しては特にその傾向が強くなる。本を読んだり、テレビを観たりしていて美味しそうなものに出会うと、そのままふらふらと立ち上がり、キッチンに立つこともしょっちゅうなのである。

お店で売られている伊達巻にはどうも食指を動かされないこともあり、自分で作ってみよう、と思い立った。料理上手な知り合いに作り方を教えてもらったところ、それは、はんぺんを使って作る甘さを抑えた簡単レシピの伊達巻だった。ロールケーキを焼く時の型を使うこともあってか、ケーキを焼いているような気分である。しかも買うよりもずっと美味しい。かくして、伊達巻をたまに作ってみるようになった。

作っていると、ロールケーキを作る時のように何かを塗りたくなる。さすがにジャムや生クリームは試していないが（もしかすると生クリームは意外といけるかもしれない）、ある時思いついて味噌を塗って巻いてみたことがある。これは思ったよりはいけた。お酒のアテになるような気もする。

　私が伊達巻を作り始めると、犬の寅子はいつも鼻をひくひくさせながらキッチンに入って来て、背伸びをして流し台のところに両手をかけ、味見の催促をする。

「そっか、寅子も伊達巻を食べるのがこの世の楽しみの一つなんだね」

　そう言いながらひと口、次に寅子にひと口……こうして最初の一本は寅子と私で平らげてしまうので、必ず二本焼く。

『富士日記』は、読んでいて楽しい。読みながら私は、そこに書かれている日常のちょっとした出来事や日々の献立等を牛の胃のように反芻する。何度も楽しく、何度も美味しく、何度も得した気分になるからである。どこをどう読んでもそれは変わらないのだが、どうやらこの本は、反芻するたびに新しい味わいを発見する仕掛けにもなっているらしい。伊達巻を焼いてみることの楽しさやその美味しさを知ったこともそうだった。秘密のご馳走帖のような一冊である。

第三章

目玉焼の正しい食べ方

目玉焼きかけご飯

東海林さだお

いまブームの卵かけご飯を、またもや作って食べていてふと思った。

卵かけご飯がこれだけおいしいのだから、目玉焼きかけご飯もおいしいのではないか。

いや、だめ、それはおいしくないに決まってる、やめなさい、そんなの、という声がぼくには聞こえてくる。

まあ聞きなさい。

簡単ご飯の古典にバター醤油かけご飯というものがありますね。

なにしろ古典として残っているくらいだから、これがまためっぽうおいしい。

わが想定の目玉焼きかけご飯の目玉焼きは、バターで焼くのです。

しかも、たっぷりのバターで焼くのです。

おおっ、と、思わず身を乗り出してきましたね。

そうなのです。

単なる目玉焼きかけご飯ではなく、バター醤油かけご飯と、目玉焼きかけご飯の合併版というわけなのです。

わたしはお皿とスプーンで食べたいわ
これだといろんなふうに突きくずしたり混ぜたりして食べられるから
たまごかけごはん
醤油

この合併がおいしくないわけがない。

思いついて試行錯誤することいくたび、夢のような目玉焼きかけご飯が完成したのです。

目玉焼きをどのくらいの硬さにするか、ここが大きなポイントです。ラーメンの名店などによく入っている半熟の、箸で突くと破れてドロリと流れ出すあの硬さ……よりもうちょっと軟らかめ、これに決まりました。

弱火で熱したフライパンにたっぷ

りのバターを入れる。大さじ山盛り一杯。

すぐに卵をジュッと落とす。

目玉焼きだから当然二個。

熱すること1分30秒。

炊きたてほかほかのご飯の上にフライパンからスルリと載せる。

そしていいですか、ここがポイントなのですが、スルリの上にもう一度バターを載せる。大きさは1センチ角ぐらい。

バターは熱すると香りが飛んでしまうので改めてバターの香りを楽しもうというわけです。

そのバターが溶けたところでその上からお醬油をタラタラタラ。できたら卵かけご飯専用のお醬油がいい。

これで完成です。さあ、やっちゃってください。

卵かけご飯の場合は、黄身と白身が入り混じったものをおかずとして、いきなりズルズルとすすりこむことになるわけだが、目玉焼きの場合は黄身と白身がまだ別々になっている。

つまり、卵かけご飯の場合はおかずは一つだが「目玉焼き……」のほうは二種類のおかずがあることになる。
さあ、どっちからいったらいいか。
ま、楽しく迷ってください。
ぼくの場合はこうなりました。

まずドロリとした白身とバターと醤油の、わりとさっぱりした味を味わい、次に黄身とバターと醤油の味に移り、最後は両者混合の味を楽しむ。
やはり一番おいしかったのは黄身で、もうね、あれです、ねっとりの極致、半熟のドロリとした黄身が、バターと醤油を伴ってねっとりと舌にからみつく、というか、ねとりつくというか、べたつくというのとも違い、まとわりつく、というのとも違って、舌の味蕾《みらい》と味蕾の間にぬめりこむ、といったらいいのか、うん、そう、あれです。舌と黄身の濃厚

なキッス。

黄身が舌に抱きつき、舌が黄身を吸いよせる。

半熟卵の黄身と舌は相思相愛だったんですね。

その相思相愛を、うんうん、許す、もっとハゲしくてもいいよ、と味わっているひとときというものは、もう、たまらんです。

卵かけご飯の場合は、せっかく炊きたての熱々ご飯を用意しても、生卵は冷たいからどうしてもご飯が冷えてしまう。

そこのところの解決策はないのだが、「目玉焼き……」のほうは両者が熱々の上に舌と黄身もアツアツの仲だから、その辺一帯の乱れぶりは、想像するだに恐ろしい。

卵かけご飯は醬油に限るが「目玉焼き……」のほうはどうなのか。

ふつう、目玉焼きはウスターソースで食べる。

目玉焼きとハムのハムエッグの場合は塩と胡椒《こしょう》ということになる。

いかにも両方とも「目玉焼き……」に合いそうな気がするが、やはり断然醬油です。

醬油以外は全く合いません。

というわけで、うっとりと幸せにひたりつつ目玉焼きかけご飯を食べていたのですが、そのときまたしても、ふと、頭にひらめくものがあったのです。

そうして、目玉焼きかけご飯は、更なる発展を遂げることになったのです。

このとき目玉焼きかけご飯はもう一段階進化したのです。

いいですか、落ちついてくださいよ。

白身、黄身、両者混合と食べ進んでいったら、そこんとこへマヨネーズをちょこっと混ぜちゃってください。

そしたらそれをかっこんじゃってください。

わかってますよね、マヨネーズは卵でできているってことを。

相思相愛の舌と黄身が濃厚なシーンを演じているところへ、卵の大親分が乗りこんでいくんですよ。

もう、どうなったって知らんよ、わしは。

目玉焼の正しい食べ方

伊丹十三

目玉焼というのはどうも食べにくい料理である。正式にはどうやって食べるものなのか。こうだ、という自信のある人にかつてお目にかかったことがない。

どう考えても正式でなさそうな食べ方の第一に、白身から食べるやり方がある。まわりの白身をどんどん切りとって食べてしまう。最後に黄身だけが丸く残る。こいつを、右手に持ちかえたフォークでそろりそろりと口に運ぶ。これは見ているほうがはらはらしてしまうし、第一、フォークを右手に持ったりするところが、どうにも怪し気な感じだ。それに、黄身だけを大事そうに最後まで残されると、ホラ、子供がおいしいものを一番最後に食べる、あの感じになってしまう。ははあ、この人は子供の頃から目玉焼を食べる時には黄身だけを最後まで残してたんだな、そうしてついにそれを脱却しなかった人だな、という気がしてしまう。

おいしいものだからこそ、一番おなかのすいている最初に食べるべきだ、という考えをおこした友人があった。この食べ方も一見して邪道とわかる。目玉焼を見るなり、彼は皿に口を近づけて、真ん中の黄身をぺろりと吸いとってしまうのですが、こんなことが人前で許さるべきものではありません。

となると、残る方法はただ一つ。大事な黄身を、涙をのんで壊してしまうやり方である。流れ出した黄身を、いわばソースにして白身を食べる、というやり方である。穏健でもあり、常識的でもあり、かつ味覚的にも悪くないと思うのであるが、おもしろみがないうえに、食べ終った皿が黄身だらけで、まことに見苦しく、つい、パンかなにかで綺麗《きれい》に拭《ふ》きとりたくなってしまう。実際問題としてもったいない食べ方であって、やはり完全な方法ではありますまい。

例の友人は、最近では、白身を黄身の上にうまくたたみこんで、目玉焼一個を一口で食べる方法を考えているらしいが、これもあまり期待できそうにないのであって、目玉焼というものは、つまりそれほどまでに、なかなか食べにくいものなのであります。

参考までに私の用いている方法をいおうか。これは非常にインテリ臭い食べ方である。すなわち、この文章と同じようなことを、喋《しゃべ》りながら実演すればよいのだ。

「ネ、こうやってさ、白身から食べる人がいるけど、あれはやだねえ。こんなふうに黄身だけ残しちゃってさ、それを大事そうに最後に食べるんでやがんの。ホラ、こんな具合い！」

食べる楽み

吉田健一

トオマス・ハアディイの小説に、と少し勿体《もったい》振って切り出すならば、その小説に、女の所に急に恋人がやって来たのを女が責めて、楽みの半分は期待にあると言う所がある。食べるのも同じことで、天どんが好きなものは、明日は日曜だから天勝に天どんを食べに行きましょうと思い、前の日から御飯の上に置かれた天麩羅《てんぷら》のころもの揚り具合や、御飯に染みた汁の色を胸に描いて、愈々《いよいよ》日曜になって電車に乗って出掛けて行き、先《ま》ず見本の蠟細工《ろうざいく》か何かの天どんを眺めて、又少し実際に食べるのを延ばしてから、店に入って天どんを注文して食べた方が、隣の天麩羅屋が間違って届けて来たのを、折角だからというので食べるのより楽みが多い。

どんなことでも事務的にやれば楽めないもので、食べるものでも、食べなければならないから食べたり、目の前に食べるものがあるから食べたりするのでは、充分にいい気持になるのは難しいのである。これには実例があって、戦争中、何か食べられるものを売ってくれる食べもの屋を探して街をうろついていた時、全く偶然に、その日だけ営業している天麩羅屋があって、その券も旨く手に入れることが出来た（こういうことがあってから後の時代に生れた人達の為《ため》にここで説明を加えると、当時は何にでも行列をして、行列に立つだけでいいのでは際限がないから、その前に券を配り、券が貰えた者だけが行列を作って自分の順番が廻《まわ》って来るのを待ったのである）。そして番が来て天麩羅屋の中まで進んで見れば、本当にそこのおやじさんが天麩羅の鍋《なべ》に向って天麩羅を揚げては、揚ったのを皿に盛り分けていた。穴子《あなご》や、鱚《きす》や、烏賊《いか》があった。代用品ばかりだった時代に、これは一々、その本ものと注釈を付けなければならない、今ならば普通の、従って、本ものの天麩羅で、つまり、これはそれから何日もの語り草になる、新聞記事でいうならば、一面トップで扱うのに価する事件だったのである。

それだから、食べて見ても、もう忘れ掛けていた天麩羅というものの味がしたが、それが案外なことに、行列で立っている時に想像した程のものではなかった。行列で立っていた時間が短過ぎたのであって、当時の習慣で昆布茶にパンの一切れでも付けてくれる店がどこかにないかと思ってうろうろしていた際に、いきなり、天麩羅がありますと言われても、体の細胞の方がそう簡単にそのような大御馳走《ごちそう》を受け入れる態勢に切り替えられるものではない。パンも貴重品だったが、バタも何もなしで食べるパンを旨いと認めるように調節された舌は、その上に乗せられたのが天麩羅ではまごつく他ないのである。併《しか》しもしこれが前の日から解っていたことだったらどうだったろうと思うと、残念になる。夢に天麩羅を見て、朝、出掛ける時から券が入るかどうかが心配になり、何だかんだとあって、天麩羅が眼の前に現れてからも、穴子を先に食べるか、それとも烏賊にするかで、まだ箸《はし》を付けずに楽めたに違いない。

それと同じ伝で、こういう楽み方がある。英国にポオチド・エッグという卵の作り方があって、これは煮立っている湯に酢と塩を入れて卵を割って落し、白身が固って黄身がまだ固らないうちに掬《すく》い上げてトオストに載せただけのものであるが、卵は新しいのでなければならず、それも、どうもポオチド・エッグの卵は英国のに限るようである。そしてトオストにするパンとバタは、これは英国のパンとバタでなければ絶対にどうにもならなくて、更にもう一つ注文を付けるならば、そのトオストもポオチド・エッグも、英国人が英国で作ったのでなければ本当の味が出ない。併しそれだけの条件が揃ったこの卵の作り方は非常に結構なものであって、淡泊なのに豊かな重量があり、ヨットの帆や、光の加減で金色に光る落葉樹の森の緑を背景に浮び上らせて、それを食べるものが確かに英国に来ていることを保証してくれる。

だから、これを楽むのには英国まで行かなければならない。そして英国は日本から遠くて、飛行機で二日だとか、三十六時間だとか言っても、その時間数で飛ぶ距離が大変なものであることは、着いてからの体の疲れではっきり感じられる。そこで仮に、ポオチド・エッグを食べに英国まで行けることになった所を想像して見るといい。飛行機が羽田を立って、それには勿論《もちろん》、英国の飛行機でなければポオチド・エッグの手前、都合が悪いから、英国人のスチュワアデスの英語で、これからマニラを通って行きますとか何とか言うのが飛行機の中の拡声器から聞えて来ると、もうそこにはポオチド・エッグの夢が半ば固り掛けている。或は少くとも、ポオチド・エッグがその瞬間に意識の片隅に現れて、地中海にも負けない青い色をした海の上をヨットが走り、落葉樹の森が白い雲の下で輝く。マニラの飛行場のコオヒイがまずければ、英国のポオチド・エッグは旨いと思い、バンコックの街がごみごみしているのを見ては、こんな所で食べるのはカレイライスで沢山だと諦《あきら》める。

そうなれば、カルカッタも、ベイルウトも、英国のポオチド・エッグに近づく上での幾つかの段階に過ぎなくなる訳で、又、そういうものとして記憶に残る。恋人に会いに行く時に他のことを何も思わなかったら、それは頭がどうかしているので、頭が一つの考えで纏《まと》められていれば、却《かえ》って精神の働きが自由になり、色々なことを観察するものである。そしてそのうちに飛行機はアルプスを越えて、やがて下界の景色が英国のになり、もう少したって翌朝、目を覚してホテルの食堂に降りて行くと、献立にポオチド・エッグ・ウィズ・ベエコンと書いてある。尤《もっと》も、そのように勝手なことを想像することが出来るならば、わざわざ英国までもう一度、実際に出掛けて行かなくてもよさそうなものであるが、それでは我々の胃袋が承知する訳がない。

温泉玉子の冒険

嵐山光三郎

近所に住んでおられるY先生から温泉玉子をいただいた。加賀山代《やましろ》温泉あらやの「ゆせんたまご」である。「芒硝泉《ぼうしょうせん》のお湯のなかに一晩つけますと、白身はやわらかく黄身がほどよく堅くなります」と説明書に記してある。

さっそく、小鉢《こばち》に玉子を割って入れ、薄口醬油とかつおぶしのだし汁をかけて食べてみた。温泉の芳《かお》りがほのかにたちのぼって湯上りの気分になった。ねっとりとした黄身が舌の上に広がっていくのは、温泉の湯がじわりと膚にしみていく快感と似ていて、骨まで笑みがこぼれてくる。温泉玉子は、温泉を食べる料理なのだ。

一つ食べ終ると生来の好奇心がわいてくるのはいつものことで、これを別の味で食べたくなった。しょうが醬油で食べることを思いついて、すぐに試してみる。冷蔵庫にワサビが一本あったので、ワサビ醬油も試してみる。大根おろしもやりたくなって、醬油をかけるついでにおジャコをふりかけてみた。いずれも、それぞれの主張がある。

ガス台の鍋に冷えた味噌汁があったので、これも試して、またたくまに五つ食べてしまった。冷えた味噌汁をかけたのは、さすがにうまくなく、湯泉玉子に「ゴメン」とあやまった。

昼寝をしているとき、「キムチがいい」と思いついた。昼寝をしているときはそれなりに昼の夢を見ているのだが、その夢と関係なく、いきなり「温泉玉子にキムチ」というひらめきがおこる。夢のストーリーの回路と現実の諸問題の回路が、つまりは小説とエッセイの回路が二つ作動しているのであろうか。妙なものだが、起きあがってから温泉玉子を割りキムチを加えて食べた。これは、キック力のある味であった。たちまちカレールー、タイのトムヤムクンスープをかけることを思いついたが、すでに六コも食べているから、それはあきらめて一コをカラのままぬか漬けの鉢へ漬けた。

温泉玉子にいろいろの味をつけたくなるのは、玉子が純白でムクだから、こちらは生娘《きむすめ》を一人前の芸者に仕立てるような欲が出てくる。それに玉子は、いくつもいくつも食べたくなる魔力がある。

ぼくが小学生のころは玉子はゼイタク品であった。杉並のおばの家へ行くと、玉子かけ御飯を二杯、三杯と食べさせてくれるから、ぼくは杉並のおばがニワトリの化身ではないかとながめたものであった。

玉子は一つの生命体である。

純白の生命が丸ごとコロンところがっている。食べれば食べるほど精力がつく。

桃太郎の話で、川に桃が流れてきたというのは、じつは玉子である。玉子だから、なかから赤ん坊が生まれてきたのである。妄想をたくましくすると、あの桃は赤児をはらんだ玉子なのであるから、妊娠した女性がおなかだけ出して流れてきたはずである。妊婦《にんぷ》の腹は桃の形に似ている。桃太郎の話は、死んだ妊婦から産まれた子の復讐《ふくしゆう》譚《たん》ではないか、とぼくは思っている。

そう考えると桃の味は一段とうまくなる。人間は、人間以外のいっさいのものを食っていいと自分たちで決めた動物なのである。玉子を食べるときも、「こいつが鳥のモトだな」と考えつつ食べる。

ぼくが初めて温泉玉子を食べたのは、大学を卒業してから五年目くらいに、神楽坂《かぐらざか》の小料理屋であった。椀のなかにとろりと崩れている玉子は、妖艶な芸妓《げいぎ》が帯をゆるめて昼寝をしている風情《ふぜい》で、濃い黄身をうっすらと包む白身に箸がふるえてしまった。

ゆで玉子は結婚した主婦である。生身の軀《からだ》を結婚生活という湯で煮ただけである。白身も固く黄身も固い。半熟玉子は同棲中の女性である。白身も黄身も柔らかいだけだ。それに対し温泉玉子はしたたかな芸妓である。白身は柔かくて黄身はしぶとい。

ひとくちに温泉玉子といっても二種類あって、一つは長時間煮熟させた「煮抜《にぬき》玉子」、もう一つは熱湯に入れて五、六分後に取り出すもので、これは箱根大涌谷《おおわくだに》の地獄噴水でやっている。

温泉玉子をカラごとぬか漬けにしたのは、中国の塩玉子の応用だ。玉子のカラにはきわめて微細な気孔《きこう》があり、その気孔を通じて中身がぬか漬けとなる。中国には塩玉子、皮蛋《ピータン》、薫玉子がある。塩玉子はゆで玉子を塩づけにしたもので、中国旅行をした人は、毎朝、おかゆの具として食べさせられた記憶があるだろう。皮蛋はアヒルの玉子を泥でくるんだ泥漬けであり、これは中国料理店の前菜に出る。薫玉子は近ごろは駅の売店でも売るようになった。駅のホームで売られているゆで玉子は、固い哀愁とつかのまのいとおしさがつきまとう。学生のころ別れた女に、別れぎわにホームで売っていたゆで玉子を一つ貰《もら》った記憶がある。齧《かじ》ると黄身が暗緑色になっているゆで玉子だった。その暗緑色の黄身に塩をふりかけて食べた。ジャリッとした味のなかに青春の夕暮れがあった。

いま、駅で売られているゆで玉子は、塩味がついている。塩を入れた湯で煮るから、塩の味がしみこむ。ゆで玉子は、ほんの少々の塩をふりかけるのがドラマツルギーなのだから、さら湯でゆでて、三角形塩紙と一緒に網袋へ入れなければならない。

ヨークチーズというものもあり、これは玉子の黄身を脱水してチーズ風にしたもので、京都でやる黄身の味噌漬《みそづ》けに似ている。飯茶碗に味噌を入れて、人差し指でほじくって穴をあける。そこへ玉子の黄身だけをおとしてから、黄身の上の部分を味噌でふさいで一日漬けこむ。そうすると、味噌味がしみこんだ黄金の黄身ができる。ぼくの場合は、生すじこの味噌漬けを作り、その味噌で作る。玉子の黄身にすじこと味噌味が重層的にしみてこれは酒の肴《さかな》によい。

三年前、ぼくはダチョウのゆで玉子をエチオピアの高原で食べた。ダチョウの玉子はラグビーボールよりやや小さめである。手に持つとずしんと重い。土地の人に「大蛇の玉子だ」とおどかされたが、かまわず一時間ほど煮て食べた。じつにまずい。

ダチョウの玉子はカラが固い。かなづちで力まかせにたたいてもはねかえされてしまう。古釘を一箇所に打ちこんでから割った。ついでに玉子焼きも食べた。玉子のカラの一部に穴をあけて中身をゆすって出した。液状かつおだしのビンを持っていたから、和風味の玉子焼きとなった。そのときのカラは、いまなお、戦利品《せんりひん》として持っている。

多摩動物公園を歩くと、やぶの中にいろいろな鳥の玉子が落ちている。うまそうなのがあったから一つ持ち帰ろうとしたら一緒に行った人に「それは孔雀《くじやく》の玉子だから毒です」と教えられた。帰宅して『本朝食鑑』禽部之四を見たら「俗説の孔雀を毒とするのは訛《あやま》りなり。しかし我国では孔雀肉および玉子を食べた者はないから気味は不明」とあった。こうなるとどうしても食べたくなる。

うわさで聞いた話だからさだかではないが、動物園の職員は、動物園にいる動物を食うことがある、という。玉子はもとより、事故で死んだ動物を、葬《ほうむ》る前にちょっと食べてみるというのは、研究者の特権であろう。ぼくが動物園職員だったら、まっさきに食ってみるだろう。とくに鳥の玉子が食べたい。孔雀の玉子、鷹《たか》の玉子、鶴《つる》の玉子、ミミズクの玉子、ことごとく温泉玉子で食ってみたい。ワニの玉子も食べてみたい。ワニ肉はシャブシャブにするとうまい、と米人野球選手が言っていたからワニの玉子で茶碗むしを作ろうと思う。十七年前、テヘランへ行ったときはちょうど新年を迎えて、人々は黄色や赤色に着色したゆで玉子を交換していた。これは、アメリカやヨーロッパで行われるイースターの原型である。ユダヤ教では、彼らのエジプト脱出を記念して、年を越すと玉子を食べる。玉子は生命の源泉であり、霊魂の容器なのである。キリスト教では、それが復活のシンボルとなり、キリスト復活祭イースターに食べるようになった。

アメリカでは、復活祭のあと、ホワイトハウスの芝生で玉子ころがし競技が行われる。割れずに坂の下まで早く着いた玉子が勝ちである。この場合、玉子のカラは固くなければだめで、いま、日本のスーパーで大量に売られている玉子だとすぐ割れてしまう。スーパーで買って、自転車にビニール袋をぶらさげて家に着く前に割れてしまう。

近所のスーパーカネセンに玉子を買いに行くと、十個入りが七十円であった。今年は玉子の作りすぎとは言え、一個七円とは、玉子に気の毒である。大安売りの七十円のをやめて、一個五十円の光マークのついた玉子を買ってきた。ついでにタッパーウエア三箱とカレー粉、味噌、醬油、けずり節を買った。わが家では、ぼくが調理するものは、原料を自分で買わないと叱られる。ここにおいてぼくが作ろうとしているのは、

①生玉子のカレー粉漬け
②生玉子の味噌漬け
③生玉子の醬油漬け

の三点である。カレー粉にトムヤムクンブイヨン（タイのコンソメ）をまぜて焼《しょう》酎《ちゅう》でねりあわせたなかへ生玉子を二つ漬け込んだ。醬油漬けは、醬油一リットルにけ

ずり節一パックを加えたなかへ生玉子を二つ。味噌漬けの味噌は白味噌にした。このようにして漬け込んだタッパーウェア三つをヒモで縛り、床下の格納庫《かくのうこ》へしまった。しめしめ、と思って格納庫の底を整理すると、去年漬けたらっきょうがこはく色になって寝静まっていた。胸をわくわくさせながららっきょうのビンを取り出し、そこへタッパーウェアを置いた。一カ月もたてば、カレー味、味噌味、醬油味の地下温泉玉子が食べられるはずである。

こういうものは、漬け込んでしまうとそれで気がすんでしまう。投書すると気がすんでしまう投書者の心理と似ている。ぼくの家には、こうしてぼくが作ったまま放ったらかしのものがそこらじゅうにある。自転車置場の上には三面川《みおもてがわ》鮭が半身でつるされたままで、これはついに近所の野良猫の親分に盗られてしまった。納戸のミガキニシンにはカビが生え、縁側《えんがわ》の上の干し芋はひからび、その横の干しガキはかさかさとなり、書庫のウドンは虫が食い、冷蔵庫には、二年前に作った牛舌塩づけ、三年前の牛肉つくだ煮、自家製キムチ、カツオブシの刺身、根曲り竹のビン詰め、シイタケ茶漬け、焼き豚の類が奥のほうへ押し込まれたままだ。週に一度、掃除をしにやってくるおばさんはため息をつくばかりだ。このおばさんは、ぼくが見ていないときは、威勢よく何でも捨てるいさぎよさがあるから、こちらも用心深く注意しなければいけない。と、ここで気がついて、タッパーウェアの上にボール紙でフタをして〈貴重品〉と記しておくことにした。

ランランラーンと鼻歌くちずさみつつ、檀タマを思い出して作り始める。檀タマは、檀一雄氏が『火宅の人』で新潮社のカンヅメになって、神楽坂のホテルにいたとき作っていた料理である。まずキャベツを大量にきざんで小型フライパンでいためる。キャベツがしなしなになったところへ、カニ缶のカニを一缶ぶん乗せて、その上にとき玉子三個ぶんをかけてから、とろけるチーズをばらばらっとかける。フライパンにふたをして五分もたてば出来あがり。檀さんは、こういった乱暴な料理が得意だった。

ぼくは、目玉焼き、オムレツ、玉子焼きはかなりうまくこなすから、自己流のをずいぶん作って周囲に迷惑をかけている。玉子焼きを上手に作るコツは唯一つ、厚手の赤銅製の玉子焼器を使えばいい。これは築地市場場外の金物屋で売っている。オムレツのコツは強火で一気に作ること。これには年季が必要だ。あと、かつおだしと醬油を必ず入れるのもコツである。ミツカンポン酢を入れてもうまい。マヨネーズを少量加えるのもうまい。

エエ？　と言うようなものを入れるのが素人庖丁の極意である。マヨネーズというのは、玉子が入っており、かなり曲者《くせもの》の術師である。お好み焼きにマヨネーズと広島製おたふくソースをかけることを発見した関西人は栄光ある食の殉教者である。ぼくはおたふくソースに愛着があり、トンカツにもハンバーグにもおたふくソースを使っている。

生きゅうりを切って食べるときは、味噌にマヨネーズをあえてつける。味噌だけだと塩味が強すぎる。夏場には、味噌、マヨネーズに韓国のコチュジャン、カツオだし、太白ゴマ油、ミツカンポン酢、ヤマサ醬油、白ゴマなど家にあるものをありったけあえてソースをつくり、たたききゅうり（キューリを丸ごとビールビンでたたく）にかける。いずれにせよマヨネーズが基本である。さらにはカツオのたたきを、マヨネーズと醬油をあえたので食べる。妙なものだが、食べてみるとこれがうまい。醬油とマヨネーズの相性がいいのは玉子の黄身の力である。

野菜スティックをマヨネーズだけで食べるときは、マヨネーズに少量のシーチキン・ツナを加える。すり鉢であわせてもいいが、ミンチ器あるいはミキサーであわせるほうが舌になめらかである。ツナは少量にすること。マヨネーズに、ほんのちょっとツナの味が加わると、アレ？　っという味の奥ゆきがでる。

以前はマヨネーズは自分で作ったものであった。卵黄と油と酢に塩と調味料をくわえてかきまぜていくと、あらや不思議、マヨネーズ状のものが出来たが、食べてみると舌がゆるい。すりきれたパンツのゴムのようなだらしない風味で、弾力に欠ける。夏の午後のけだるい味で気力がなえていく。メーカーが安価でマヨネーズを作っているのだから、買ってきたほうが早い。ただしチューブ状のものより、ビン詰めのほうがはるかにマヨネーズの呪術力が強い。余談だが、自宅でテンプラをあげているときにフライパンに入れた油に引火して燃えあがり火事となることがある。そんなとき、チューブ入りマヨネーズをまるごと油のなかへ放りこむと火は消える。なぜかチューブ入りマヨネーズが一番効果がある。

玉子は、胡粉《ごふん》をぬったようにざらりとしたカラのものがいい。農家の黒土の上に、朝露をつけたまま純白でころがっている玉子がいい。いい玉子は、手にとって太陽に透かしてみると内部がほのかな金色に輝いている。古い玉子は、カラはつるりとして、透かしても半透明で暗い。

Y先生にいただいた温泉玉子は、翌朝二つ残っていた。それを薄口醬油だし汁で食べてみたら、やっぱり、これが一番うまいことがわかった。昔の人もいろいろ試したあげく、薄口醬油だし汁がいいことに気がついたのであろうなあ、と、ぼくは芸妓昼寝味をすすりながら考えた。

たまごの中の中

山本精一

はじめに言っておくと、私は「たまごアレルギー」なのかもしれない。いや、正確に言うと、何なのか解らない。たまご料理は好きなので良く食べる方だと思うが、食後たいていの場合気持ちが悪くなる。少したつと吐き気がしてくるのである。でも好きだから、そうなる事が解っていても食べたくなってしまう。同様に私は猫アレルギーでもあるが、やっぱり猫も大好きなので、猫を見つけるとやたら可愛がってしまって、後で呼吸困難に陥ったりする。なんというか因果なものだと思う。好きだからといって、度を過ぎて嗜好してはならないという天の声なのかもしれない。

母親の実家は鹿児島で、高校生の頃に、一度だけ、母の帰省について行ったことがある。鹿児島市内から、そう離れていない所なのだが、自分らの感覚的には、〝山の中〟という印象だった。山の中腹の少し開けた場所に、点々と家があるというカンジ。

なんとも素朴な佇まいの家々には広い庭があり、そこで皆、ニワトリを飼っていた。放し飼いにしているので、昼間など方々に散ってしまって、何処にいるのか解らない。もちろんエサなんかやらないのだ。早朝に、家族総出で庭のいたる所に生みつけられたたまごを捜すのだが、これが宝捜しみたいで大変楽しい。どうやって登るのか、高い木のウロの中へ生みつけるトリもいたりして、トリはトリなりに人間に盗られるのを本能的に防ぐんだろう。健気というか、まったく人間というものはヘビよりもタチが悪いようである。こんな具合に毎日たまごを盗られていたら、ニワトリはきっと、再び空を飛べるようになって、人跡未踏の断崖絶壁でたまごを抱くようになるのかもしれない。

まァそれはともかく、そうやって収獲した「朝とれ」のたまごは、これが筆舌に尽し難いウマさだった記憶がある。色々なたまご料理がみんな美味だったが、中でも「たまご掛けごはん」が絶品だった。何の調味料もおかずも要らないほどで、たまご料理としてはもっともシンプルなものだが、それがこれほどウマいということは天晴れという他はない。北大路魯山人は、「たまご掛けごはん」が大好物で、「結局一番うまい」と言っていたそうだが、やっぱりこんな極上のたまごを使っていたんだろうと思う。なんというかちょっと次元の違った味だった。野生に近い状態で野に放たれ、エサも自分でテキトーに獲って食べているニワトリのたまごは凄い。そして、そんな優秀な彼らも、夜には一様に、おばあさん達に、首をキュッと絞められて、様々な鳥料理となって食卓に並んでいたものである。

たまご掛けと同じくらい好物だったのは、〝ハッサクたまご〟である。けれど、この料理（おやつ？）のハナシをするたび、周囲の人々には怪訝な顔をされ、未だかつて賛同を得られたことがない。一体誰がいつ考案したものか、確かに風変りな食品だろう。作り方はとても簡単である。要は、ハッサクの果肉をほぐしたものの中へ、たまごの黄味と、砂糖を入れて、おもいきり掻き混ぜるだけだ。けれどこのシンプルな料理が望外にウマいのだ。前述のたまご掛けごはんもそうだが、たまごはやっぱりプレーンな生たまごが一番美味なのだと思う。少々キツめのハッサクの酸味が、たまごと砂糖をブレンドすることによって、ほど良く調和し、なんともいえない甘露なおやつとなる。うちの家では、この〝ハッサクたまご〟は、夏の定番食として、確固たる地位を獲得していたものだが、自分はかつて他にこの食べものを知る人に出会ったことがない。ひょっとすると、これはうちの親族の間だけで考案され、実践されている〝秘食〟なのかもしれない。

玉子のつくだ煮

池田満寿夫

おでんが好きである。

おでんはまさに男の手料理に最もふさわしい。おでん屋はおやじさんでなければならない。おばさんだと急に田舎っぽくなってしまう。おじさんだと、なんとなく景気よく、バイタリティーがわいてくる。

しかも、おでんは屋台が一番ふさわしい。あのしょう油色に染まったコンニャクやチクワが風雪に耐え、貧困にうち勝ち、じっと私を待っていたような、いとおしさを感じさせる。だからおでんの前にはひげ面の男がよく似合う。おばさんだと、お袋を思い出させ、急に人恋しくなり、涙もろくなっていけない。

おでん鍋をのぞいて、何を食べようかと考える時が楽しい。コンニャクは絶対に欠かせない。チクワもいい。大根、ジャガイモも食いたい。厚あげ、ツミレ、さつま揚げ、ハンペン、どれもこれも捨て難い。というわけで、結局鍋のなかの全種類をつままないと気がすまなくなる。いや、私の大好物を忘れていた。玉子である。種のなかから一品を選べといわれたら玉子である。次がコンニャク。

おでんは男が食うものである。女がおでんを食べている光景はいただけない。もっとおいしいものがあるでしょう、と注意したくなるから勝手である。そのせいか、どうか、わが女房もおでん屋に入ろうか、というと顔をしかめる。それでも十回に一回ぐらいは、同情して同意してくれるが、いの一番に玉子を注文すると、この人おかしいんじゃないか、という目付きで見られる。彼女から見ると一番平凡だからだ。おでんでまで玉子を食べるとは何事か、というわけだ。

丸ごとのゆで玉子を食べるのと、さして変わりがないと思うからであろう。汽車のなかで冷たいゆで玉子の殻をむいている光景はわびしい。いくら好きでも三つは食えない。

「今回は玉子料理です」と担当者に言ったら、

「あら、また玉子ですか。池田先生は玉子になにか因縁とか、幼児体験とか、お持ちなんですか」とあきれ顔で聞かれた。そう言われると困ってしまったが、私の玉子好きは、きっとまだ幼児性が残っているからであろう。肉や魚がなくても、玉子さえあれば、という戦後経験に基づいているかもしれない。玉子の魂百までもである。

ある日、熱海の家に帰ったら、陽子がなんとおでん玉子をつくって待っていたのには、玉子のように目を丸くして驚いた。どういう玉子の吹きまわしか知らないが、しかも彼女は殻をむいたゆで玉子をおでんダシで煮たのではなく、殻つきのままじょう油で煮たのである。

殻つきの玉子を十個位しょう油にわずかなダシ汁を加えて五時間中火で煮つめる。これが調理の総てである。勿論普通の玉子でもいいが、彼女は有精卵を使った。しょう油とダシ汁は玉子全部が隠れる位は必要である。ポイントはしょう油をけちってはいけないところにある。

五時間後に殻をむくとひび割れしたところからしょう油がしみ込み、こんがりした肌色になっている。そのうまいこと！　ゆで玉子をダシ汁で煮たのとは明瞭に違う味に仕立てあげられているのだ。玉子好きが驚嘆したのだから間違いない。これが玉子か！　と思うほど、見事に変身しているのである。いわば玉子のつくだ煮である。白身が煮しまって、弾力があり、歯ごたえがあり、アワビではないか、と錯覚するくらいである。

玉子料理を馬鹿にしてはいけない。

茶碗蒸

北大路魯山人

茶碗蒸のことは、皆さんよく御存じのことでしょう。ところが、これにもいろいろとコツがある。東京のは概して卵が多く、かたまりが強すぎて面白くない。一体に茶碗蒸の卵のかたまったのは上等とは思えない。これをもって茶碗蒸を語るものではない。それよりも関西の、殊に京都などの安物の茶碗蒸の方が、よい料理屋で卵を多く使って吟味したのより、料理になっている。この安い茶碗蒸がうまいというのは、卵を経済的に使っているからである。

私がある時京都で、ある人の宴会に招かれたことがあった。たしか祇園だったと思う。その時ふとしたはずみで、茶碗蒸を食ってみたくなったので、かたわらにいた芸妓に言いつけた。すると、その芸妓が女中に頼むのに、

「卵をこうしてや、うすいのはいやェ」

と申すのであった。これは気の張った客であるから、いわゆる京都風に卵をケチにしてはいけないというわけである。

ところが、そういう特別の注文でこしらえたのはうまくなかった。つまり卵がこてこてに固くかたまっていたからだ。卵は薄めにして、茶碗を手に持つとユラユラと卵が体ごと揺《ゆ》する程度に作るのがよい。そうすると、スルスルして口当たりがよく、しかも卵臭くなくてよいのである。

京都風の茶碗蒸が丁度これにあたる。元来、京都人というのは昔からケチなので評判だが、そういう京都のケチンボウから割り出された料理で、なかなか捨て難い。安い茶碗蒸が一つの証拠である。私は最初、あるひがみから安物の茶碗蒸などは良いものとは思っていなかったが、色々味わってみると、存外その方が上等だった。茶碗蒸のコツはそこにあるのである。それがまた料理のコツなのである。即ち、卵一個を二合から二合半までの出汁で割って、薄くすると共に、それを蒸しすぎないことである。要するに、卵は薄いものがいいという認識を、茶碗蒸の上にはっきり持つがよい。私も最初はこの認識が足らなかった。なお、つけたしに申し上げると、中身は鴨・鰻・銀杏《ぎんなん》・百合根《ゆりね》・しんじょ・木くらげなどがよい。

ご馳走帖　③
たまご料理の「開かずの間」

テレビ番組をみていて、北大路魯山人のたまごというものを知った。それは人肌に温めたたまごを使うと、えもいわれぬ美味しいたまごかけご飯が出来上がるというものだった。たまごを手のひらにのせてもう一方の手をそこにのせて包むようにする。こうして三十分ほど温めたたまごをご飯の上に割り入れる。すると、甘くて濃厚な味わいのたまごかけご飯になるというのだ。

早速試してみた。時に片手で、時にテーブルの上に置いて、という手抜きの温め方だったが、それでも普段食べるたまごかけご飯よりは美味しかった。科学的には、たまごの中心温度が人肌に温められていることにより舌が甘みを感じるということらしいのだが、私としては温度プラス手のパワーがあると信じたい。

京都・大原にたまごかけご飯の美味しい店がある。店の前は何度も通っていたのだが、なかなか暖簾をくぐるチャンスがなかった。たまたまある日曜日、その店『はんじ』に入ってみた。店内はたいそう混んでいた。テレビで紹介された直後で、名物の玉かけめし目当てに大勢の人たちがドッと押し寄せていたのだった。店内は満席。それでも何とかスペースを見つけ、玉かけめしを注文して待っていると、次から次へと途切れることなくお客さんがやって来る。行列のできる玉かけめしの店状態になっていたその時、厨房から「限界！」という声が聞こえて来た。この店の主であるおばあちゃんが一生懸命玉かけめしを作っている様子が暖簾越しに伝わって来ていたので「これだけのお客さんをさばくのは大変じゃないかな」と話していたところだった。きっといつもの何倍もの注文を受け、何人目かの注文を受けた時に、体力的にもうこれ以上は作れないと思ったのだろう。その言葉には、「もうこれ以上作れません。限界でございます」というようなニュアンスとちょっぴりお茶目な響きがあった。

大原の地たまごを使った玉かけごはんはもちろんおいしかったのだが、食べ終わって店を出るとき、「次は是非、平日にお出でくださいね。もう少しゆったりと召し上がっていただけると思いますので」と本当に申し訳なさそうに謝って下さった。私たちは「限界！」という言い回しがいたく気に入り、また、ほのぼのとした気持ちで店をあとにした。たまごのようにふんわりと丸い気持ちにしてくれる店だった。

ところで、このたまごかけご飯というのはしごく王道だが、この章に収録した山本精一さんのエッセイに出てくる「ハッサクたまご」には仰天した。美味しいよ！　山本精一さんにはそう太鼓判をおしてもらったものの、試してみる勇気というか、作ろうというモチベーションがわいて来ない。美味しいのかな。美味しいんじゃないかな。でもやっぱりまたの機会にしよう。開ける勇気はないがいつも気になる、そんな開かずの間のような一品である。だが、山本精一さんのような奇才を生んだのは案外このハッサクたまごという秘食なのかもしれない。恐いが試してみたい。

第四章

卵かけごはん、きみだけ。

卵とわたし

向田邦子

卵を割りながら、こう考えた。

と書くと、何やら夏目漱石大先生の「草枕」みたいで気がひけるが、生れてから今までに、私は一体何個の卵を食べたのだろう、と考えたのだ。

一週間に四個として一年で約二百個。十年で二千個。とすると、私はかれこれ一万個に近い卵を食べた勘定になる。いま、東京では卵一個が二十円ちょっとだから金額にするとおよそ二十万円。それにしても一万個の卵とは、考えただけでそら恐ろしい。

知人が、

菜の花や百万人のいり卵

という迷句を作ったことがあるが、まさに一万人のいり卵である。

子供の頃から、卵には随分とお世話になっている。

体が弱い癖に白粥《しらがゆ》が嫌いだったから、重湯からおまじりになり卵のおじやが許され

ると ひどく嬉しかった。氷が溶けて、プカンプカンと音のする生あったかい水枕に耳をおっつけながら、祖母に卵のおじやを食べさせてもらう。

起きれば起きられるのだが、私は満二歳にもならないのに弟が生れて、母のおっぱいを奪われてしまった。夜泣きする私に、母は乳首にとうがらしを塗ってしゃぶらせ、あきらめさせたという。そんなことも手伝って、甘えたかったのだろう。

アーンと口を開くと、祖母は、散蓮華《ちりれんげ》で、白身の固まりをよけ、黄身の多そうなところをすくって、フウフウと吹いては口に運んでくれた。祖母はお線香と刻みたばこの匂いがした。

卵焼といり卵は、しばしば登場するお弁当のおかずだった。最近は、児童のお弁当のおかずに、黄、赤、緑の三色が揃っていないと、父兄は先生から注意を受けるらしいが、昔は、卵焼にたくわんという黄一色でも、先生はなにもいわなかった。卵焼は上等の部類で、梅干に昆布のつくだ煮とか、足で踏んだのではないかと思う程御飯をつめ込み、その上に目刺が一匹、寝転がっている、などというお弁当を持ってくる子もいた。忘れたといって、毎日、お昼になると運動場でボール遊びをしている子もあった。

貧しいおかずの子や、あれは梅干の酸でそうなったのだろう、弁当箱の蓋に穴のあいている子は、かくして食べていた。机の蓋を立てたり、包んできた新聞紙をまわりに立てたり、食べる時だけ、弁当箱の蓋をずらしたり、かくし方もさまざまだった。先生は何もいわなかった。生徒の辛い気持が判っていたのかも知れない。

父の仕事の関係で、小学校だけでも四回転校しているので、名前も忘れてしまったのだが、お弁当のおかずが三百六十五日、卵という女の子がいた。あだ名をタマゴと呼ばれていた。

タマゴは、日本舞踊を習っていた。子供のくせに身のこなしに特有の「しな」があり、セーラー服がまるで和服を着ているように見えた。教壇で採点をしている男の先生にブラ下るようにして甘え、手首から先だけを撓《しな》わせて、

「ちょいと……」

という感じで先生の肩を撲《ぶ》った。

堅いうちに育った私には、まぶしい眺めだった。

日本舞踊はお金がかかるから、あのうちはおかずをつめているのよ、とみなに陰口をきかれていた。学芸会でタマゴは「藤娘」を踊った。私は、茹で卵が着物を着て踊っているような気がして仕方がなかった。

子供のけんかというのは、今になって考えれば全く他愛のないことだが、その頃は真剣だった。私は、告げ口をした、という理由で、Bという女の子と口を利かなくなった時期がある。Bは陽の当らない三軒長屋のまん中に住んでいた。母も兄も結核で、Bも胸のあたりが削《そ》げたように薄かった。成績は芳しくなかったが声は美しいソプラノで、学芸会にはいつも一番前で、独唱した。私は、うしろでコーラスをしながら、Bのセーラー服の衿が、すり切れて垢で光っているのを見ていた。

口を利かなくなってから遠足があった。お弁当をひろげている私のところにBがきて、立ったまま茹で卵をひとつ突き出している。押し返そうとしたがほうり出すようにして行ってしまった。返しにゆこうとして手にとると、卵がうす黒く汚れている。よく見たら卵のカラに鉛筆で、

「あたしはいはない」

と書いてあった。

炊きたての御飯の上に生卵をかけて食べるのは、子供の頃から大好きだった。

ところが、我家では子供は二人に一個なのである。はじめから御飯に卵をかけてしまうと、おみおつけを残すから、というのが親のいい分であった。

私と弟と、二つの茶碗をくっつけて、母が一個の生卵に濃い目に醬油を入れたのを分けてくれる。長女の私が先である。ジュルンとした白身が必ず私の茶碗にすべり込むのを、

「あ」

と心の中で小さく声を上げながら眺めていた。白身は気持が悪いし、第一御飯に馴染まない。二番目に生れればよかった、と思ったこともある。今でも、フライを作っていて、とき卵を半分に分ける時、幼い日の、「あ」という感覚を思い出すことがある。

生卵を割った時、血がまじっていることがある。子供の時分は、「ウワア、気持が悪い」で済んでいたが、「おとな」になってからは少し違ったものになった。ひどくきまりが悪くて、困ってしまうのである。

朝の食卓で、割った卵が、それだと気づくと、私は家族の目から隠すようにして台所に立ち、黙っていり卵にした。

この頃になって女同士のあけすけな話のあい間に、私がこの話をしたところ、考え過ぎなのよ、と一笑に附されてしまった。

「わかるなあ。あたしにも覚えがあるわ」

といったのはただひとりだった。

地味な着物の衿元を娘のようにきつく合せ、コーヒー・カップの縁についた口紅を、疳性《かんしょう》にナプキンで拭きとっている人だった。卵ひとつにも女の性格が出るのかも知れない。

卵のカラには、どうして縫い目がないのか。

子供の頃から不思議で仕方がなかった。鶏のおなかのなかで、どうやって大きくなるのだろう。紙風船や、お饅頭を作ってみると判るが、丸いものの、綴じ終りというか、まとめにはひどく苦労をする。随分丁寧にしたつもりでも、ここで袋の口を閉じました、といった不細工な証拠が残ってしまうものなのである。

しかし、卵は、どれをみても、どこが先やら終りやら、キズもほころびもないのである。

形も神秘的である。

卵をころがしてみると、尖ったほうを中にして直径三十センチほどの円を描いて、必ずもとの場所にもどってくる。絶対にまっすぐころがってゆかない。巣からころがり落ちても大丈夫なようになっているのだろう。

私は無神論者だが、こういうのを見ていると、どこかに神様がおいでになるような気がしてくる。

知人の姉が交通事故にあって亡くなった。買物の帰りに奇禍に遇われたのだが、買物かごの中の卵はひとつも割れていなかったという。

これは恐ろしいはなしだが、アメリカのニュースは楽しかった。随分前のことだが、イースターの前日に、ハイウェイで、卵を満載した大トレーラーが横転した。卵は全滅かと思われたが、たった一個だけ、割れないで残った卵があったという。この卵は、誰が食べたか、そこまでは書いてなかったが、どうも卵には不思議な力があるように思えてならない。

ブランクーシは卵形をモティーフに使う彫刻家だが、銀座の画廊で山県寿夫氏の卵と手をテーマにした木彫を見つけ、あたたかさに心打たれたこともあった。

卵の形で思い出すのは、マチスのエピソードである。

この人は大変な努力家で、毎日卵のデッサンをして死ぬ日までつづけたというのである。私は全く絵心のない人間だが、卵というものはどう描くのかと思って、やってみた。実にむずかしい。どうしても卵にならない。丁寧に描くと石ころかじゃがいもになってしまう。肩の力を抜いて、一息に描くと、鳥の子餅になってしまうのである。

小学生の頃、チャボを飼ったことがある。

庭にかごを伏せて、つがいが餌をついばんでいた。コロッとした小ぶりの持ち重りのする卵が家族の人数だけ貯まると、朝の食膳に乗った。私は、チャボが卵をうむところが見たくて、首を斜めにしてのぞいていたが、首が痛くなるだけで、とうとう現場は見ず仕舞いであった。

日支事変がはじまった頃で、学校で慰問文というのを書かされた。

私はよくこのチャボのことを書いた。今日は卵を生んだとか、突つかれたとか。うちの庭から見える桜島の煙がどっち側にたなびいているとか、五右衛門風呂の焚き口で火をつけようと思ったら、落葉と同じ色をした庭の主の大きながま蛙がはい出してきたとか、そんなことを書いて出した。

ところが、受け取った兵隊達が、帰るとうちを訪ねてきた。

戦局もまだ激化しない頃だったから、転戦か一時帰国なのか、革と汗のにおいのする軍服が、うちの玄関に立って敬礼して、あの慰問文はとても嬉しかったといわれると、感激屋で外面《そとづら》のいい父は、よく料理屋へ招待をした。物入りで困ると母は愚痴《ぐち》っていたが、

「兵隊さん、私達は、出征兵士の留守家族の田植えのお手伝いをしています。銃後の守りは大丈夫です」式の四角四面の手紙より楽しかったのだろう。

この頃、つい忙しさにかまけて、紋切り型のはがきを書いてしまうが、三十五年前の初心にかえらなくてはいけないな、と思っている。

卵にも大と小がある。

勤めていた出版社がつぶれかけて、私達は毎朝出勤すると、近所の喫茶店に出掛けて、対策を協議していた。

月給は遅配。著者に支払う原稿料は半年も滞っている。小企業の悲哀を味わいながら、転職するか、踏みとどまるかの議論の中で、モーニング・サービスについてきた茹で卵がばかに小さかった。誰かが、

「やっぱり小さいとこ（会社）の人間には、小さい卵を出すんだなあ」

とふざけたら、店の女主人が飛んできてムキになって説明をしてくれた。

卵には大卵、中卵、小卵、極小卵という規格がある。モーニング・サービスは、予算の関係で、小さいのを使うんです。と、ケースごと見せてくれた。みごとに小さい卵がならんでいた。

いつ茹でたのか、冷たかった。むくと、卵が古いのか、茹でかたがまずいのか、ツルリとむけず、皮に白身がついてきた。私はその頃から、ラジオの台本を書き始めたのだが、人生の転機というか、ひとつの仕事と次の仕事の、レールのつぎ目の不安なところに、小さくて冷たいでこぼこの茹で卵があった。

人間にも、卵アレルギーがあるが、犬や猫にも卵の好きなのと嫌いなのがいる。以前飼っていたビルという虎猫は、卵が大好物であった。五歳の牡だったが、肺炎にかかった。獣医師のお世話になり、注射でいったんは落着いたのだが、寒い晩に、牝猫の呼ぶ声に誘われてガラス戸に体当りして外泊、朝帰りして、再び悪化したのだ。

何をやっても受け付けない、水も飲まない。そんな時に友人が、

「生卵にブランデーと砂糖をまぜて飲ませてごらん。臨終の人間は、これを飲むと何時間か保《も》つというから、猫にも効くだろう」

と教えてくれた。

うちにはブランデーの買い置きがなかったから、私は酒屋に走り、いわれた通りのものを作って、まず、自分でなめてから、指先につけて、ビルの鼻先にもっていった。

彼は、白っぽくなった舌を出して、チロリとなめたが、これは私へのお義理だったのか、あとは頑《かたく》なに拒んで駄目だった。

ビルは、縁側のガラス戸のところに坐っていた。美しかった毛並みもそそけ立ち、痩せて体力がないのか、体が前後に揺れている。突然、庭に向って、

「オーン、オーン」

今まで聞いたことのない声でないた。犬の遠吠えみたいだな、と思って、庭をみたら、植込みのかげに一匹、石灯籠のかげに一匹、松の枝の上に一匹――かれこれ七、八匹の猫がうずくまっている。

ただでさえ、さびしい冬の夕暮れである。死んでゆく友に、別れの挨拶をしに集まったのだろうか。背筋が寒くなった。

翌朝起きた時、ビルは徹夜で看病をした母の膝の上で冷たくなっていた。そばに、黄色く乾いたブランデー入りの生卵の入った猫の皿があった。その皿ごと、彼がよく登って遊んだ松の根かたに埋めてやった。

人を殺したいと思ったこともなく、死にたいと思いつめた覚えもない。魂が宙に飛ぶほどの幸福も、人を呪う不幸も味わわず、平々凡々の半生のせいか、わが卵の歴史

も、ご覧の通り月並みである。だが、卵はそのときどきの暮しの、小さな喜怒哀楽の隣りに、いつもひっそりと脇役をつとめていたような気がする。

わが卵の歴史の中で、切ない思い出は何といっても戦争中の乾燥卵であろう。どう工夫して料理しても、ザラザラして味気なかった。戦争の思い出も、どう美化してみても、ザラザラした辛いものが残る。

昔のことばかりいうと歳が知れるが、どうも昔の卵はおいしかったような気がする。鶏がとうもろこしやこぼれた米や地虫をついばんでいた頃のほうが、混合飼料で促成に育った昨今より、カラは固く、黄身の色も濃く、こんもりと盛り上っていた。タイ国から遊びにきた知人は、「日本の卵は生臭い」といって食べない。

ぬくもりも違っている。

昔、卵は、ザルで買いにいった。冷蔵庫などなかったから買い置きは出来なかったが、掌に包むと、生きている実感があった。今の卵は冷たく、死んでいるような気がする。

文句ついでにいえば、昔の卵は、もっと大きかった。いや、これは思い違いかも知れない。

死んだ父がいっていたのだが、父は子供の時分、ひどい貧乏暮しで、冬の七尾の町を、よくお米を買いにやらされた。

雪の中を、こごえた手で金を握ってゆくのだが、子供心に、うちから米屋まで随分遠いと思った。ところが、おとなになって、その道を歩いてみたら、意外に近いのでびっくりした、というのである。

貧しくて、おなかがすいていたこともあったろう。寒く辛かったから、余計遠いと思ったのかも知れない。しかし、一番大きな原因は、

「子供は小さい」

ということだ。父はそういっていた。

たしかに、子供の頃は、まわりのものがみな大きく思えた。大人は背が高く立派にみえた。うちの天井は高く、学校までの道のりも遠かった。夜、ご不浄へゆく廊下も長く感じた。

卵が大きかったのではないのだろう。私の掌が小さかったのだ。

おうい卵やあい

色川武大

ええ、このゥ、たまごというものは——、という古今亭志ん生の声音をなつかしく思いだす。——子のかたまりがたまになっているものでありましてェ。

そういうたまごというものが私どもの前から姿を消してしまって久しい。

近頃のスーパーなどで一ダースくらいずつパックされて売られているやつは無精卵で、子のかたまりでもなんでもない。あれを抱いて温めていたってひよこもなにも出てきやしない。

以前は、店先にあるたまごというものは、ピラミッド型にひとつずつ積まれているか、籾殻の中に埋まっているかしていた。主婦たちが掌にのせたり振ったりして、ひとつずつ選ぶ。小なれどもやはり生命あるものであり、それを喰べてしまうといううしろめたい実感があった。ものを喰べるということは必要欠くべからざることでありながら、うしろめたい、そこに微妙な味があったように思う。

喰べ物も、パックなどされて現れてはおしまいで、文房具か石鹸の類と変るところがない。

江戸小咄などにも、女郎が抱え主の眼を盗んで夜鳴きうどんをとり、懐中に大事そうに忍ばせてきたたまごを、カチッと割り入れたりする場面がある。あれも有精卵だから、滋養になると思えるし、生あるもの同士が喰べたり喰べられたりしている哀れも誘うのである。

それに、高価ではないにせよ、現今のように安くはなかったように思う。日常の喰べ物ではありながら、たまごはそれ相応の贅沢品であった。安くて、感動もなく量産されていて、くだらなく便利になってしまったな。

地玉子、という名称は、生ソバ、という看板と同じで今はたいして意味のない形容になってしまったようだが、以前は、地鶏とか地玉子という言葉がちゃんと生きていた。東京周辺部では、多摩川沿岸がたまごの産地でね。割ると、ピンポン玉のような黄味がコリッとまるく盛りあがって崩れない。口の中に含むと、ねっとりとして歯ごたえがある。

生卵に歯ごたえという記し方が、大仰でないいんだ。あの美味さは、今の若い人はもう知らないだろうな。

七八年ほど前、多摩川の向う岸のおおきな団地の友人のところに泊めてもらったとき、朝早く、附近の小店を探索したら、朝とり卵、なんて札が立っていて、パックされていないたまごが積んであるから、こおどりして買い求めて友人の家で、カチッ、と割ってみたら、やっぱり、溶けて流れそうなペチャパイの黄味が出てきた。あれは、どうなってるのかね。

府中市に住む友人に訊いても、近頃はパックされたたまごしか売ってないようだという。このへんにたくさんあった養鶏場も、臭気で住民に責められ、宅地に変るなどしてもう今はほとんど無くなってしまったようだ。

東京ばかりじゃない。地方の旅館でも、新鮮な生卵が朝食についてくるところが稀になってしまった。全国的に大量生産方式ブロイラーの天下だものね。

今から十二三年ばかり前になるけれども、国電目白駅の横手の石段をおりたあたりの路傍に、夕方になると、主婦たちの列ができる。しかしそのへんに店屋があるわけではない。定まった電信柱が彼女たちの目標で、やがて、そこへ七十ぐらいの小柄な老人が、汗のにじみ出た帽子をかぶり、大きなリュックを背負い両手に石油缶をぶらさげて、まるでかたつむりが住み家を背負って移動するような形で、息も絶え絶えになって現れる。

お爺さんは毎朝、暗いうちに起きて汽車で甲府の在の方まで行き、たまごを背負ってくるのである。降っても照っても、休みなし。雨降りの日は、商店街のアーケードの下に売り場をつくる。

大量生産の無精卵ではなくて、農家の庭で放し飼いにしてある鶏が、自然に産んだたまごである。そういうたまごは、甲府の在でも駅から相当に奥へ入らなければならない。

お爺さんは山裾を歩きまわって、少しずつ農家からたまごを集めてくる。そうして夕方、目白駅周辺までたどりつく。

これはもう、本当にこりこりした、輝くようなたまごであった。そのたまごを買って帰って、炊きたての飯にかけて喰うその美味さ。飯なんかなくたって、生卵だけ呑んで、頬が落ちる。

いつからそんな稼業をやっているのか。私は当時目白の近くに住んでいて、偶然眼にとめて以来ファンになってしまったのであるが、昨日今日、どこかを停年退職してはじめたというふうではない。妙ないいかただが、一途にこの生き方で押しとおしてきたような感じに見える。

戦後、焼け跡ヤミ市の頃、かつぎ屋という商売があった。かく申す私も十代の頃、野菜や果物を背負ってきて道ばたで売っていたことがある。私のようなのを含めて、初期の頃はヤミ屋さんといった。

統制経済の頃、政府から配給される物品以外はすべてヤミであり、それらを売り買いすることは条令違反である。もっとも配給物だけでは生きていけない。ヤミ行為をせず、条令を守りとおした結果栄養失調死し、一身にかえてそのことを証明した裁判官があった。だから都会の人間はすべて、条令違反をしながら育ってきたのである。

ヤミ市が発展してマーケットになり、おおっぴらにいろいろな物が売られるようになってからも、午前中、電車が着くたびにリュックを背負った人たちが三々五々とおりたってきて、駅前の商店街に物品を卸していく。彼等はもうヤミ屋とは呼ばれず、かつぎ屋といった。

最後まで統制されていた米が多く、それは料理屋や個人契約の家に運ばれる。が、果物や干物類などはかつぎ屋の手をとおして仕入れていた店が多かったはずだ。

生産地の人が直接運んでくる場合もある。しかし大部分はヤミ屋時代からの人で、年輩の男女が多く、中には復員兵の恰好そのままで十年も続けているという人もあった。ある程度の年輩になると、職業転換がなかなかむずかしいし、おっくうになる。けれども普通は、世間の復興の歩調に合わせて、ヤミ市時代の生き方を変えていた。そういう眼には、いつまでたってもただもう身体を使ってわずかな利ざやをとる彼等の生き方が、なんだか気の利かないものに見えた。

実際、物価もやや安定し、もっと合理的機能的な仕入れ方法も他にできてくると、弱い個人は買い叩かれてしまうのだ。利がすくなくなれば量でおぎなうほかはなく、持ち運ぶ荷がどんどん大きくなる。

ヤミ屋時代から、一斉《いっせい》と称する取締りがときどきあって、荷を召し上げられたり始末書を書かされたりする。いわゆる法網をくぐる商売だったが、個人的には実に辛抱づよい、地味な人柄の人が多かったように思う。またそういう人でなければとても続かない。

私の母親のところに米を運んできていたおじさんは、荷をおくと熱い茶を所望して弁当を使ったが、彼の弁当は米飯ではなかった。うどん粉のパンか、芋だった。

そうして彼等の姿も昭和三十年代にはほとんど見られなくなった。

察するに、目白のたまごのお爺さんは、そういう類の生き残りであろうか。――私ははじめそう思った。

ほどなくその考えを変えた。お爺さんがたまごをあつかうときの手つきが撫でさするように丁寧なのである。この仕事を本当に愛してるんだな、と思う。たまごを運んで、売る、そうしていることが好きで好きでしようがないんだ。そうとしかいいようがない。ただの惰性で老人に続けられるわけがない。

とにかく、ありふれた無精卵よりも、お爺さんが難行苦行して運んでくる本物のたまごの方が、ずっと安いのである。

主婦たちは皆、容器を持って並んで、一キロ、二キロと買っていく。周辺のおソバ屋さんや小料理屋さんも並んでいる。

せっかく安売りしたって、その人たちが商売に使って結局もうけてしまうわけで、あほらしいようにも思えるが、お爺さんはついぞそんなことは考えないらしい。本質的に人間が高貴なのである。

古風なカンカン秤《ばか》りで、註文をききながら秤っているが、なかなかぴったりと目方が合わない。すると大ぶりなのと小ぶりなのと替えたり、あっちをいじり、こっちをいれかえ、一人の客に売るのにも相当に手間がかかる。ときとして、たまごを抱えたまま放心していることもあるくらいだ。

それでなかなか列が進まないが、誰ひとり文句をいう者がない。皆、お爺さんの汗のしみでた帽子や洋服のあたりに眼をとめながら、ひっそりと待っている。

まったくそれは絵になる光景だった。ものを売り買いするということは、こういうことなのだ、と思う。私も、それを買った以上、お爺さんに倣って、大切に、宝石のように、そのたまごをあつかおうと思う。

それで家に帰ってきて、大切なたまごを、カチッ、と割って喰べてしまう。お爺さんの汗と執着が、つうッと喉のあたりをすべりおちる。実にあっけなく、またうしろめたいが、ものを喰べるということは、実はこういうことなのだと思う。

あのお爺さんはどうしたろう。私が目白から荻窪に移る前に、ぱったり姿を見かけなくなってしまったが。何があろうと商売を休むような人ではなかったが——。

たまごについて、記すことはたくさんあるのだけれど、目白のお爺さんで意外にページを喰ってしまった。あとはちょっと駈け足になる。

実は、私は、こりこりの有精卵には感情移入しているけれど、たまごは、私の大好物とはいいがたい。

トロッととろけるようなプレーンオムレツは美味い。輪切りにして弁当の中に入っている固ゆで卵も、なんとなく捨てがたい。けれども、何が喰いたい、と訊かれて、たまご、と答えることはめったにあるまい。

私の知人の中で、たまご男は漫画家の黒鉄ヒロシである。なじみの旅館で彼と麻雀をしていて、深夜になると、

「あのぅ、お女将、例のやつ――」

「ああ、あれね、わかりました――」

ほら、はじまった、とこちらも思っている。やがてお女将が大皿にゆで卵を山と盛って出してくる。

黒鉄ヒロシは、いきなりそれを、五つ六つ、むしゃむしゃ喰ってしまう。皮を剝くのがまにあわなくて、お女将がつききりでそばに坐って皮を剝いてやる。

そこで小休止して、また二つか三つ、喰う。あんなに喰っちまって、コレステロールの塊になるぞ。黒鉄ヒロシじゃなくて、コレステヒロシになっちゃう。

そう思いつつ、私もつられて、喰う。他人を誘いこむ勢いを、彼の喰い方は備えている。

昔、三島由紀夫の小説を読んでいたら、ゲイボーイの人が卵を肛門に一つ二つさしこんで、鶏のようにポトリと産んでみせる場面があって、なるほど、さすが、と感心したが、あの頃は私も純情だったな。それ以前は、小学校の遠足で、どうしたはずみか、皮を剝いた丸のままのゆで卵を、嚙まずに呑みこんで呼吸困難におちいった子を

目撃し、これにおおいに感心していた。

口で呑みこむより、肛門で呑みこむ方が奇態にはちがいないが、しかし今考えてみても、丸のままのやつを、大人だって、そっくり鵜呑みにすることはできないと思う。はずみといえばそれまでだが、喉の太い子だったのだろう。もっとも私たちは、巳年《みどし》であって、そう思えば不思議ではなくなる。

実は、この原稿を記す前に、築地魚河岸近くの〝とと屋〟というメシ屋を再訪した。たまごのことを記すならば、この店を逸することはできないと思ったからだ。

この〝とと屋〟というのは、河岸に仕入れに来る人たちが愛好した店で、したがって昔は朝方早く開店し、昼すぎにはもう閉店してしまう、という店だった。

小柄なお爺さんが店先で、気むずかしそうにトリを焼いていた。できますものは、焼トリを丼にのせたようなキジ丼と親子丼。それにスープが出る。このスープがうまい。

いつ頃からか二代目夫婦が店をとりしきるようになり、店内も小綺麗にし、夕方もやるようになった。喰べ物の本などにときどき、キジ丼の店として載っているからご存じの方もあろう。

しかし私はこの店の親子丼の方のファンなのである。親子丼というもの、すっかりおソバ屋さんのつけたりの品目に堕してしまって、どうも印象が下卑てしまったが、本来はうまい喰い物だと思う。

ちゃんと心をこめてつくれば、我々庶民にとってご馳走になりうる喰い物なのに、ちゃんとつくってくれるところがない。これがどうも腹立たしい。親子丼しかり、ハヤシライスしかり、チャーハンしかり。街の飲食店はチャーハンなど、昨日の残り飯の始末をするつもりでいる。

〝とと屋〟の親子丼はちがった。東京でただひとつといってもいい、ちゃんとした喰べ物だった。みじんに切ったトリ肉（ひき肉ではないぞ）を一緒にして煎り玉子ふうにつくったものが具である。実に舌になめらかで、繊細な喰べ物になっている。それで十年ほど前でたしか六百五十円だった。

ところが、この店に合わせて早起きし、練馬から長駆、車を飛ばして行ったのに、店内に入ると、キジ丼の標示しかない。

「親子丼はどうしたのですか――」

「ああ、あれはもうだいぶ前にやめました」

哀しかった。食通の本が、キジ丼のことを記すものだから、こうなってしまう。親子丼という標示だけでは、もう客の心を誘わなくなったのか。

それとも、上質のたまごが手に入らなくなったからなのか。

もうこうなると、私の知っている限り、親子丼は、日本じゅうであそこ一軒きりである。

静岡の〝中村屋〟。駅前から国道一号線を少し浜松方面に行き、昭和町通りに折れて共同石油のスタンドの角を曲がったあたり、これも小さな店だが、まアここは日本一の親子丼専門店だろう。

ただし近年はごぶさたしている。まさか、やめました、ではないだろう。やってくれますように、祈りたい気持ちである。

ここの親子丼もトリと煎り玉子を御飯のうえにのせたものだ。

俗にいう親子丼は、この店では〝はんじゅく〟と称している。半熟、であろう。まったく親子丼は、というよりたまご料理はすべて、半熟であるところに生命がある。

もうひとつ、〝たきこみ〟と称するトリのたきこみ御飯があるが、これもすばらしい。まア喰べてごらんなさい。いずれも四五百円だった。

昔、静岡に行けばもちろんだが、新幹線を途中でおりて喰べに行ったこともある。

ここに行って、親子丼を喰べ、たきこみ御飯を喰べ、できればさらに〝はんじゅく〟を喰べたい。腹が一杯になってそういかないのが口惜しい。

いつか永六輔さんがこの〝中村屋〟のことをいいだして、私は狂喜し、二人で百年の友のようにしっかり手を握り合ったことがあった。

とにかく、よい店、よい商人というものは、構えでなく、愛嬌でなく、ただあつかう物にどことなく気品がただようものである。

隠里の卵とモミジの老樹

田村隆一

北鎌倉の瓜ケ谷《うりがやつ》を通って、枯草におおわれた細道をぬけると、葛原ケ岡。刑場の露と消えた南朝の忠臣日野俊基の霊を祀った神社。その死の翌年、一三三三年、新田義貞によって鎌倉幕府は滅ぼされる。その岡つづきに、源氏山があって、眼下に鎌倉の町が眺められる。鎌倉駅のプラットホームの西側から、つい、目と鼻のさきにそびえている。そのふもとの途中に、「隠里」(かくれざと)があって、江戸時代の「新篇鎌倉志」には、

「稲荷の近所にある。大巌窟なり。銭洗水隠里の巌窟の中にあり。神銭を洗と云ふ。鎌倉五水の一也。」

ここでいう稲荷とは佐助稲荷のことである。

また「鎌倉攬勝考」には、

「銭洗水　佐介谷の西の方にあり。土人いふ、むかし福人此清水にて銭を洗ひしとい

ふ。妄誕の説なり。按するに、此辺に大ひなる岩窟有を、土人隠れ里といふ。されば上世此所にて銅気のある岩を掘て、此水にて洗ひ試し事もや有し、其ふることを誤り伝へしならん。」

なにをかくそう、「隠里」とは銭洗弁天のことで、ぼくは「妄誕の説」が大好きだから、ある晩秋初冬の晴れた日の午後、S病院に滞在（?）中の経営学者のキツネ博士とぼくは、院長先生のおゆるしを得て、ゼニを洗いに行くことになった。

ゼニと云っても、二人とも千円札を二枚しか持っていない。扇ケ谷をぬけて、源氏山公園にいたるドライブ・ウエイをとぼとぼ登って行くと、「大巌窟」のトンネルの入口があった。トンネルをくぐりぬけると、数十の鳥居が立ちならんでいて、福神の霊験あらたかなゼニにめぐまれた信者の寄進によるものだろう。

横浜関内の老舗《しにせ》のおでん屋さんの旦那は熱烈な信者で、巳《み》の日の午前零時をまちかまえていて、0時に突進すると、イの一番に小ザルに銭を入れて洗うそうである。北海道、九州あたりからも巳の日には飛行機でかけつけてきて、ビニール袋に小切手帳やら預金通帳を入れて、霊水をかけるという話も聞いた。家内にこの話をしたら、じゃ、夏になったら、水着で霊水の池の中に飛びこむわ、泳げないから、水もたっぷり飲めるし……。

とにかく、われら狐高の士は、二千円札を小さなザルにいれて、霊水をおごそかにかけることになる。

神殿には、インド渡来のヘビの神さまの化身である辨天さまが鎮座ましましていて、ゆで卵が山のように信者の手によってつみあげられていて、慶応大学の大学院で芭蕉と萩原朔太郎の詩を研究したハロルド・ライトというアメリカの大学の先生の説によると、ゆで卵が神殿から境内の茶店に払いさげられて、そのゆで卵を信者が召しあがり、そして残余の卵は神殿にお賽銭とローソク代とともに供えられるというのだから、卵一個の売り上げ率は空前絶後ということになる。そう云って数字をならべて計算してみせてくれたことがあったっけ。

ぼくは金五十円也を投じて、オミクジをひいた。三十四番大吉。きっと来年はいいことがあるだろう。

帰途は、佐助谷の細い路地を博士と二人で歩いた。民家は、昭和初期の洋館や戦前のふるめかしい日本家屋があったりして、ぼくらを愉しませてくれる。と、秋色をふかめた野原の奥に、一本の紅葉したモミジの老樹。その形の美しさと威厳にうっとりして、途中にある佐助稲荷をお詣りするのさえ、キツネ博士が忘れてしまうテイタラクであった。

地玉子有り〼

神吉拓郎

むかしむかし、王さまがおりました。

というのは、お伽噺の書き出しである。

その王さまが、蚤《のみ》を飼っていた、というと、これは、あの大らかな歌曲〔蚤の唄〕になる。

まだ子供の頃、〔蚤の唄〕のレコードが、私の家にあって、もちろん今でいうSPである。

それを手廻しの蓄音器に掛けて、よく聴いた。名歌手の誉れ高かったシャリアピンの高笑いのくだりでは、いつも、少々恐しいような気がした。その頃の私の周囲にいる大人たちは、極めてもの静かだったし、そんな高笑いなど、生れてから耳にしたことがなかったからだろうと思う。

〽ある時　王さま　蚤を飼い

大いに蚤を可愛がる

そんなような訳詞を、なにかで見たらしく、今でも憶えている。

エルマンやクライスラーの盤もあった。

面白半分に、いろいろなレコードを引っ張り出しては掛けた。

エルマン・トーンという言葉は、父から教わった。いかにも艶っぽい音だなという感じがしていたので、子供心にもなるほどと思ったが、私の親父も随分酔狂なところがあったと見える。蓄音器の箱よりも小さいくらいの息子をつかまえて、エルマン・トーンを教えるところが可笑しい。

しかし、小さな時に覚えたことは、不思議と忘れないもので、エルマン・トーンという言葉と、彼のヴァイオリンの豊麗な音色は、妙にはっきりと記憶の中に残っている。

ところで、どうしてこんな方へ話が捩《よじ》れてきたかというと、これもまた懐かしい人物、ファルークのことを考えていたからである。

ファルークは、エジプトを追放された王さまである。返り咲きをはかって、結局それを果たせないままに客死している。

この人は、昔風な王さまの典型のような人で、大喰いで荒淫で、そしてまたぶくぶくの肥満体であった。

二十数年も前に、なにかの雑誌に、ファルークのことを書いたことがあった。その時、材料にするための記事を読んでいたら、彼の喰いっ振りが出ていて、これが凄い。たちまち気を奪われて、それ以来、彼が死ぬまで、この愛すべき王さまのファンとして、身の上を案じたものである。

なにせ、このファルークという人は、大の玉子好きと見えて、朝食のときにまず、一ダースから二ダースの玉子を平げてしまうという。

嬉しい王さまである。どこかお伽噺の尾を曳いている。国を追放されたとはいえ、世界でも有数の財産家だったそうだから、玉子ぐらい、いくら食べたところで、物の数ではないだろうが、その貪食《どんしょく》振りが、少しばかり異様である。

漁色の方でも大へん忙しかったようで、亡命暮しの間も、いつも四五十人のお供を従えていて、その中にはお気に入りの美女が何人も入っていたらしい。

貪食、荒淫というのは、専制君主国の長《おさ》の特権でもあるし、伝統でもあるけれど、ファルークのそうした日常について、思わず連想するのは、大型の欲求不満である。

国を追われる王さまの悲哀が、あの大兵肥満の肉のかたまりとなり、もって行き場のない不満が、ひと山の玉子や美女たちに向けられていたのかも知れないと思うと、私はいささか暗然とした気持に囚われてしまう。

貧しくて悲しい、という身の上は、これは筋が通っている。しかし、富んでいて悲しいという状態も世のなかには間々《まま》あるもので、ファルークはこの典型的な例として、いつも私の脳裏にある。

貧しさは、いつかは解消出来るという希望を持てるが、富裕の頂点にあって、かつ欲求不満にさいなまれているとなると、これはもうどうにもならない。

まさにお伽噺のテーマそのまま、人生本来の悲哀そのものが、ファルークの一生だったような感があって、私は、朝食の半熟玉子の殻を匙《さじ》の先でこつこつと突きながら、ときたま彼を思い出し、いくらか感傷的になったりする。

ファルークが玉子好きの代表だとすれば、反対党の代表は、映画監督のアルフレッド・ヒッチコックだろう。

ヒッチコックの作った映画には、好きなものもあるし、嫌いなのもある。しかし、出来のいい場合の面白さは、やはり抜群といえるところがあって、巨匠、名匠という形容詞が横行する映画界でも、名監督といえる一人だろうと思う。殺人のシーンというのは、文字通り殺伐として、齢を取ってくるとあまり見たくないものだけれど、ヒッチコックの殺人シーンには楽しみがあった。不思議に血腥《ちなまぐさ》くなく、衛生的で、保健所も文句がいえないような感じがある。

そういう点が喰い足りない映画ファンも多いのだろうが、私は映画を娯楽として観たい方なので、殺しかた一つにしても、さっぱりして気が利いているのがいい。

ヒッチコックは、自分の映画のなかで、随分大勢の人を殺しているだけに、手口に危なげがなく、観る側は、安心して、純粋なショックだけを味わえばいいようになっているので、そこは大へん有難いのである。ショックといっても、目のさめるような美女を見たり、壮大な景色を眺めて息を呑むというのと同質のショックだから、精神衛生上も大いにいいのではないかという気がする。

そのヒッチコックの映画の一シーンに、登場人物が、朝食のテーブルから立つときに、ちょっとした芝居を演じるところがある。

ごくさりげなく演じてのけるのだが、観た方にはこたえる。

初老の婦人、だと思ったが、彼女は吸いかけの巻煙草を、手つかずのままの目玉焼きの黄身のまんなかに、ジュッと突き立て、ぐっとひとひねりして、やおら立ち上るのである。

これは正直なところ、恐かった。自分が煙草を突き立てられたような気がした。なんとはなしに、大写しの玉子と自分が一心同体になっていたような感があったので、なおさらだった。

観る側の心理状態を巧みに利用した暴力シーンといったらいいのだろうか。まんまと意表をつかれたのである。そのヒネクレかたには、やはりシャッポを脱がざるを得ないと思った。

嘘かまことか、信用の限りではないが、ヒッチコックは、大の玉子嫌いということになっている。テレビのシリーズ〔ヒッチコック劇場〕や、自作の映画のなかに登場する彼を見ると、頭の形はまるで玉子そのものだから、そういう点から玉子嫌いになるということは確かにあり得る。または、あの肥満体からして、コレステロールの心配から、医者に玉子を制限されていたかも知れない。どっちにしても、ヒッチコックは、玉子に対して或る敵意というか特別な感覚を抱いていたようで、そのへんをもう少し探ってみたら、なにか面白い話が出て来そうな気配がある。

デザイナーとしての才能、という点では、神さまは、それほど勝れているとはいえないようである。

たとえば、代表作を人間とすれば、どうも設計ミスのような部分がかなり発見出来る。

背中の或る部分が痒くても、手が届かないとか、目とか歯などの耐用年限が、ほかの器官にくらべて短かすぎるとか、人間をもし設計し直すとしたら、改善して貰いたい点がかなりあるのである。

それに較べて、玉子は、よほど調子の良い頃の作品のように思える。

形の美しさ、これはまさしく造型美術の原点というか、お手本というか、間然するところがない。殻の色も美しい。

それと同時に、この形は、機能的にも万全なのである。つまり、産み易い。つるっと産んでみて、〔ああ、これくらい簡単ならば、もっと産んでもいいな〕と、親鶏に思わせるところがだいじなのだ。

お蔭で私たちは年中玉子に不自由しないで済む訳で、もし、産むのが人間の場合のように大ごとだと困ったことになる。大方の鶏が一年に一度、一個だけしか玉子を産まないという仕儀になったら、人間の台所は大へんである。

産み易い形であると共に、玉子の形は、転がしても、自然に或る大きさの円を描いて、それよりも遠くへは転がって行かないようになっている。殻の堅さも、まず理想的で、中から雛鳥が出て来られない程堅くはない。小鉢のふちに当てると、気持よく割れる。小鉢のほうが割れてしまうということはない。

二重構造になっている殻を割ると、内部の構造も実に、簡潔で、計算しつくされたものであることがわかる。

そんなことは、しかし、玉子を食べる人なら誰でも知っていることで、今さら説明するまでもなさそうだ。

玉子は、当然のことながら、仔の一歩手前である。そして、見たところ、生きているのか、死んでいるのか解らないところがある。

ふつう、私たちが口にする玉子は無精卵だから、いくら温めても孵《かえ》る心配はない。子供の頃は、このへんが極く曖昧で、薄気味が悪かった。まだ、玉子は大量生産の段階には入っていず、飼いかたにしても、放し飼いに近い形が多かったと思う。だから、どの玉子も、温めていれば孵ってひよこになる可能性がありそうだった。

生の玉子を割ったときに、黄身の上に、ごく小さな血の点がついているのがあって、そのなまなましい血の色を見ると、どうも恐惶頓首して、ごめんなさいと謝まりたくなるときがある。

茹で玉子になっていても、黄身の外側が灰緑色に変色しているのが、少々怪しげである。

なんとなく緑青が吹いたような印象を与えるのである。それに、茹で玉子には特有の硫黄臭さがあって嫌だった。

無難なのは、オムレツである。あまり気になるところがない。だから、子供のときは専らオムレツを食べていた。そのほかの玉子料理は、茶碗蒸しはまだしもだが、ほかのものは、出来れば食べたくないというのが本音なのである。

その頃、つまり、小学校にあがる前だろうと思うが、近くの玉子屋にお使いに出されたことがある。

私たちの住んでいたあたりは住宅地で、店というのは、まずない。あっても一軒ずつ飛び離れていて、文房具店とか、玉子屋とか、素人商売または隠居商売のようだった。

玉子屋の店は、古びたしもたや風の家である。ガラス障子には曇りガラスが入っていて、ふだんはそれを開け放してある。おもてには看板もなにもなくて、ただ〔地玉子有り〼〕と、きちんと筆で書いた小さな紙が門口に貼ってあり、それが埃っぽく汚れてくると、また新しく書き直すらしかった。

その日に限って、締めきってあったガラス障子を開けると、店の中は暗くて、空気はひやりと冷たかった。

三和土《たたき》の上に足のついた木の台が置かれ、いくつかに仕切った台の上に、もみがらを敷き、その上に玉子がいく山か積み重ねてあった。ひと山ごとに、値段が違うのである。

店のなかは狭く暗いのに、玉子の山だけは白く明るくて、ひとつひとつ綺麗に拭かれ、一分の狂いもないほど、整然と積み上げられていた。その癖に、玉子の数は、全部で百個もないのである。

声を掛けても、返事はなかった。

台の向うは、すぐ障子で、黒くすすぼけたその障子の先では、ことりとの物音もしない。

もう一度声を掛けるのも憚られるような静かさであった。

当惑した私は、もう一度店のなかを見廻しながら、どうしようか迷った。

見ると、みっちりと積み重ねられた玉子がなにか巨大な虫が産みつけた卵の塊に思えてきた。

私は、外へ飛んで出て、長い坂を下り、家からはうんと離れた商店街の肉屋まで、玉子を買いに行った。その肉屋では、もう店先に煌々《こうこう》と電灯が点いていて、そこの玉子は少しも恐くなかった。

今、私は玉子料理は何によらず大好きだが、玉子料理と対《むか》い合っていて、ときどき〔恐いな〕と思うことがある。

みそかつ

細馬宏通

東京に行くときは米原から新幹線に乗る。名古屋で降り、こだまからのぞみに乗り換えて、というときに、急いで「名古屋だるま」のみそかつ弁当を買って乗る。弁当の種類はいろいろだが、どれでもいいのだ、みそかつならば。みそかつを食べよう。名古屋を出て蓋を開けると、中に一個、卵がごろんと殻付きで入っている。あ、きたな。今日はどうしよう。

これは、温泉卵なのである。だらだらっと衣の上にかけるのである。前回はそれを知らずに、ゆで卵の要領でこん、ぱりぱりと指を突っ込んだら手がべとべとになってしまった。もうその手はくわないのである。ぱかんと二つに割ってやるのである。まずは弁当箱の角でこつん。だめ。卓の角でこんこん。手応えに欠ける。前の椅子の背からぐっと突き出た二本の腕が卓を支えているのだが、角を叩くたびにそれが少し沈み込んで、衝撃を吸収してしまう。窓辺の角、どうにも丸すぎる。これは寄りかかる人を受け入れる角であって、卵を割るための角ではない。肘掛けは論外。いや、実は判っていた。みそかつを買おうと思ったときから判っていた。新幹線の中には、卵を割る手頃な角がない。卵が入っていたらあの問題だなと、うっすら判っていて買った。卵を割った向こうにある、かつの衣をぬらぬらと覆う黄身の輝き、その上を、斑入りの液体となってゆっくり滑り落ちていく白身、一足飛びにそこまで行けそうな気がしていたのだが、いざ食おうとすると、やはり卵は割らねばならぬ。

人並みに割ることはできる。固い机の角さえあれば、とんとひと叩きであざやかにやってみせる。けれど新幹線は、傷つけることを厭う、柔らかい曲線でできている。人にやさしい。卵にもやさしい。やさしすぎて、割るだけの鋭さを持ち合わせていない。よしわかった。まっぷたつはあきらめた。割り箸で軽く、打擲する。二度三度、スナップをきかせて、尻にぱちりとひびを入れる。そこに箸を差し込んで、ピンセットで手術をほどこすがごとく、小さな破片のひとつひとつを取り除いてやる。やがて小指の先ほどの広さに殻が開ける。ここで卵殻膜にぷつりと穴を開け、尻を下にする。最初にどろりとした白身が、続いて黄身が現れる。狭すぎる穴にその身を詰まらせている。さあ落ちないか。落ちない。隣の客がちらちらとこちらを気にしている。しかし、掲げた卵を、いまさら引っ込めるわけにはいかない。黄身がゆっくりと変形しながらこの狭い穴を抜けてゆき、掌からふいに重さの手応えがなくなるまでの時間を尊重しなければ。卵が卵として正しくみそかつの上に着地するまでの時間をリスペクトしなければ。もっと快活に、ニワトリが次々と卵を産むように、ぽんぽん割ってがつがつかきこみたかったけれど、これは温泉卵で、温泉の温度でじくじくと卵をあたためたもので、黄身タンパクが白身タンパクよりも低温で固まることを利用して、形なき白身と形をまといつつある黄身、形をまとった分だけなんだか味が濃くなった気がするような黄身を白身にからめて食うややこしい食い物で、そのややこしさに相応の手続きが必要とされる、そのことも新幹線に乗る前に実は判っていた。まだ落ちないか。落ちない。えいと割れた穴を指で押し広げて、どぼどぼ中身を落とし、黄身白身に濡れた指をしゃぶって快活に、いまこそ快活に、卵まみれのみそかつにかじりつく。窓の外に海、そして半島、半島の先に、名も知らぬ遠き島より椰子の実がたどりつく。早くも指は乾いて、動かすと、うっすらタンパクの膜がひび割れる。

卵かけごはん、きみだけ。

犬養裕美子

卵かけごはん。みんな好きですよね。私も子供の頃から大好きだった。私の場合は卵一個分で必ずごはん二杯を食べた。その理由は一杯目よりも、二杯目が食べたかったからだ。

卵を割って、醤油をたらしてからかき混ぜる。でも白味はどろんとしていて案外混ざりにくい。ごはんにかけると白味がぬるりとなだれ込み、口当たりがよろしくない。だから一杯目は少し我慢して大急ぎで食べてしまう。二杯目は黄味が主体になっているから、濃厚な味わい。しかもあったかごはんにかけると卵黄が凝固することによって、より濃くなる。それを思うぞんぶん楽しむのだ。まろやかでコクがあり、ごはんの甘みと醤油の香ばしい香り。もう、これだけでいい、というほど満足してしまう。

でも、大きくなってからは少し知恵がついた。ていねいに卵を割って、白味は器に、黄味だけを直接ごはんの上にのせて、醤油をたらしてかき混ぜるという小わざを覚えたからだ。こんな罰あたりなこと、と思ってヒミツにしてきたが、ある時、友だちと話をしていたら「あ、私もやっていたわよ」となんの抵抗もなく言う。さらには「うちは卵ダブルで」というとんでもないヤツもいるではないか。その〝ダブル〟に激しく嫉妬した。二個分の卵黄だったら、どんな味がするのだろうか。

仕事を始めて家で食事をすることがなくなり、すっかり卵かけごはんとは縁遠くなってしまったが、ちょっとしたきっかけで安らぎの場を得た。それは仕事場に近い割烹料理店。コース主体の店だが、最後に食事は何にしようかということになった。そこで思い切って「卵かけごはん」をお願いしたのだ。そしたらお店のご主人がにっこり笑って、葉唐辛子とのりもつけてくれた。ピリカラの葉唐辛子をほんの少し散らして食べる卵かけごはんは、大人の味。それからはぜいたくだなと思いながら、卵かけごはんが食べたくなるとその店へ飛んでいった。他のお客さんはそんなわがままをいわないから、注文する時はちょっと周囲を伺ってからソッとお願いする。そのヒミツっぽいところもまた〝いい味〟だ。

でも、考えてみれば卵かけごはんがメニューにある店ってないな〜、と思ったら、ご主人に「値段を取れないですよ。これは料理じゃないですから。定食屋なら卵もごはんもあるから自分で注文すればできるけど。料理屋ではみっともなくて書けない」

と説明された。なるほどな、私は家でごはんを食べないから、欲しくなるけど。お店にとってはちょっと迷惑な注文なんだな、とシュンとして、少しおねだりを控えている。〝黄味〟だけの卵かけごはんは、〝私だけの〟メニューに終わった。

でも、卵かけごはんは絶対に世の中に必要なメニューだ。私はそう信じていたので何かにつけて「卵かけごはんがメニューにあるか」といろいろな店に聞くようにしていた。ほとんどの店が「メニューには書いていないけれど、卵とごはんはあるから、できなくはない」という。でも、それでは面白くない。卵かけごはんに愛と誇りを持っている、気概のある店はないのだろうか。と探していたら「うちは約七割の方が最後に卵かけごはんを注文されますよ」という店があったのだ！

池尻大橋のダイニング『ＫＡＮ』では開店直後からメニューに卵かけごはんをのせている。ここのオーナーの中村悌二さんはメニュー開発からお酒のトレンドまで飲食業界のプロデュースでは有名な方。「家庭で食べるより絶対においしくなくちゃ出す意味がない」と、有精卵、ササニシキ、熊本のたまり醤油、ネギとゴマ、海苔という薬味にもこだわった。たまり醤油はちょっと甘いのが大正解。卵も濃い味だし、ネギやゴマ、海苔といった脇役が卵の味を引き立てる。これは家庭では出せない、ぜいたくなお店の味。

きっと卵かけごはんはまだまだまだ発展するはずだ。と、思っていたら、その後、焼き鳥屋さんや居酒屋でも堂々とメニューにのるようになった。さらには取り寄せで「卵かけごはん用の醤油」なるものが大ブレイク。関西たまり系の甘め、関東キレ味系、カツオダシ入りなどさまざまなタイプまで出る始末。食べ方も醤油以外にポン酢、バター、マヨネーズ、ソースなどいろいろあるという。なんだかあまりにバリエーションがあるのもいかがなものだろう。

ある時、秋元康さんにインタビューしていたら、「京都の料亭でさ、完璧な料理をいただいて感激したんだけど、でも最後に卵かけごはんを食べたら、それがいちばんうまかった！　こんなこととお店の人には言えないけれど、日本人にとっての基本だよね」としみじみおっしゃった。ちなみに外国人は卵かけごはんの話に全然反応しない。彼らは卵を生で食べる習慣がないからだ。寿司になじむまでに五十年かかったが、卵かけごはんは永遠に理解されないかもしれない。そう、卵かけごはんは私たち日本人の食文化だ。温かいごはんがどれだけごちそうか、卵がどれだけごちそうか。日本人にとって卵かけごはんは忘れてはいけない原点なのだと思う。

ご馳走帖 ④

鶏卵を三十六個ですと！

たまごを割りながら、私もこう考えた。

人は一生に一体何個のたまごを食べるのか。たまごの殻にはどうして縫目がないのか。こりこりした歯ごたえのあるたまごはどこに行けば手に入るのか。ゆでたまごの山はどれ位の高さにまで積み上げることが出来るのか。人は二ダースものたまごを一時に食べることが出来るものなのか。新幹線の中で温泉たまごと格闘している人は一体何人位いるのか。人はたまご一個で何杯のご飯を食べることが出来るのか。どうしてお弁当には必ずたまご焼きが入っているのか。毎日食べてもどうしてあきないのか。アメリカではたまごが十二個単位で売られているのに、どうして日本では十個単位なのか。立春にたまごは本当に立つのか……。

いろいろな人がたまごについて書いたものを読み、改めてたまごを眺めてみると、未知との遭遇よろしく思えてきたり、それまで考えてもみなかった疑問や興味が次々と頭をもたげてくるのである。そして、考えれば考えるほど、脳内地図がたまごと？マークで埋め尽くされてゆく。あんなに大好きなのに、あんなにふわふわと美味しいのに、あんなに毎日見ているのに、私はたまごのことを何も知らないのかもしれない。

たまごを更に眺めていると、その不思議な存在感に畏敬の念さえ感じてしまう。まるでひとつの惑星のようである。もしたまごが宇宙空間に浮いていたとしても何の不思議も感じないだろう。たまごは、私の思いを遠く宇宙にまで運んで行ってしまう。

こんなことを書き連ねていると、益々混乱して来そうなので、ちょっと古くて美味しい一九三〇年代のカナダに着地してみたい。

幼い頃、バターや小麦粉、たまごを使ったお菓子にひどく憧れたものだが、それは『赤毛のアン』シリーズを読み耽っていたせいである。外国のお菓子を想像しながら空を見上げると、雲がたまごやミルクのように思えたものだ。そんな私の憧れのお菓子のひとつは、『アンの幸福』の中のセーラのパウンド・ケーキだった。それは古くから英国に伝わるもので、何と三十六個ものたまごを使う。このレシピを知ったレベッカ・デューが「鶏卵を三十六個ですと！」と言って驚くのだが、読んでいた私も彼女の真似をして驚き、それからしばらくは、何かあるたびに「鶏卵を三十六個ですと！」、と大げさに叫んでは母親にあきれられたものである。ちなみにこのパウンド・ケーキ、たねをねかすことが極めて大事で、数枚の茶色い包装紙とタオルで巻きつけて三日間ねかしてから作る。

たとえばある日、ケーキを焼こうと思い立った私は、たまごを割りながら考える。「鶏卵を三十六個ですと！」。三十六個というのは大した数ではないのだが、ケーキの材料としてはいささか多すぎる。想像の域を超えた、脳がついてゆけない数字である。果たしてこのレシピでパウンド・ケーキを焼いてみた人がいるのだろうか。いたとしたら、是非ご一報いただきたいと思う。

第五章

落ち込んだときはたまご焼きを

早起きトマトと目玉焼き

堀井和子

小学生の頃、夏休みに茨城に住む伯母の家で一週間くらい過ごさせてもらった。伯母のところには従兄弟がたくさんいる。男六人に女一人で、一番末のまち子ちゃんが私より一つ年上だった。

朝ごはんに、目玉焼きとトマトとわかめの味噌汁を食べた。狛江の実家でもよく出されたおかずなのに、ものすごくおいしかった。それから何年かは「好きな朝ごはんは？」と尋ねられると、必ず「目玉焼きとトマトとわかめの味噌汁」と答えていた。

おやつのことも覚えている。竹ざるいっぱいのゆでたまごと蒸したもぎたてのとうもろこしを縁側で御馳走になった。「一度にこんなにゆでたまごを食べていいんだ」とたくさん食べた。きっと近くで飼っているニワトリの生みたての卵だったのだろう。トマトも胡瓜も畑からもいで、西瓜も井戸水で冷やしてあったと思う。おいしかった。ゆったり大きな味がした。

茨城へ遊びに行って、初めは東京のネコみたいに我ままを言って従兄弟たちについていくのもやっとだった。でも従兄弟たちは面倒見がとてもよくて、のびのびしていて俊敏に動いていた。大きな川にヒシの実採りに行ったり海で泳いだり、歩いたり走ったり、いろいろ遊んでもらって、運動もよくしてぐっすり眠った。その翌朝だからお腹もペコペコで、朝ごはんが待ち遠しかったに違いない。

そして伯母は早くに起きて、大勢の分の御飯を炊いて味噌汁を作る。皆でいっしょに、目玉焼きとトマトと食べる。ゆでたまごだって、西瓜だって、大勢で食べるのがおいしい。今は我が家は二人だから、ちょっと奮発して地鶏の卵やら完熟トマトなどをマーケットで買い求めて、目玉焼きとトマトの御飯にしても茨城の朝ごはんにはぜったいに敵わない。

あの夏休み、茨城の海より何よりも私の記憶に焼きついているのは、目玉焼きとトマトとおかわりをよそってくれた伯母の手やおっとりと温かい話し方のこと。目玉焼きとトマトは、香りもふと思い出せる。

風邪ひきの湯豆腐卵

津田晴美

ひとり暮らしはなにをするにも自由。ましてや学生であればなにもしない日があっても自由。そのかわりに病気をすると途端に不自由になる。夜更かしをしたり徹夜をしたりと、若いというだけで怖いものなしの不規則な生活をしていた。ちょっとやそっと熱があっても風呂に入ったりした。しかしある朝、それまでに経験したことのないほど起きるのがつらかった。

からだじゅうが痛む。ありとあらゆる関節がびりびりする。どうやら熱がひどく高いようだ。寒気もする。それまでの強気はどこへやら、急に電池の切れたオモチャみたいに身動きできなくなった。まいった。それまでは深刻な病気にかかったことがなかったので、部屋には風邪薬も常備していないし、そんな状態では薬を買いに外へ出る気力もないし。とにかく汗をかいて高熱をなんとかせねば。

Tシャツを二枚重ねて着て、その上にセーターを着て、タオルを首にしっかり巻きつけて背中を丸めてがたがたと震えていた。どのくらいたったろう。あるときを境にからだが熱く感じて、じわじわと汗が出てくるのがわかる。Tシャツもタオルも汗をたっぷり吸い込み、もうこれ以上は我慢できないという限界で、ふらふらしたまま起き上がって着ていたものを全部脱いだ。タオルで汗を拭いて乾いたTシャツに着替えてパジャマを着た。時計の針は九時を差していた。少しからだが楽になってきたなと安心した途端に眠気が襲ってきた。

目が覚めたら部屋は明るかった。何時間眠ったのだろう？　時計を見ると針は一時を指していた。えっ、昼の一時？　昨日寝たのが真夜中の一時だった。朝九時に目が覚めるまで八時間。それから昼を過ぎて……合計で一二時間も寝たことになる。その間、水も飲んでいない。このままではひからびちゃう。キッチンへいって水を飲みトイレにいったが、まだふらふらするのでふたたび寝た。次に目が覚めたのは夕方の六時だった。合計一七時間。人間そんなに眠れるものなのかと驚いた。もう関節は痛くなかったが、寝過ぎてだるく食欲もなかった。でもなにか食べなくちゃ。

私はセーターにマフラー、その上からコートのボタンを全部とめて、帽子を目深に被ってマスクをして、かえって目立つ芸能人の変装のようないでたちで夕暮れの道を歩いていった。会社帰りの人たちが駅のほうから歩いてきた。みんなまだマフラーまではしていなかった。周りの服装に比べると私は異様な格好をしていたので、なるべく近いところで手っ取り早く買いものを終えたかった。今みたいに近所にコンビニはないので、豆腐屋で豆腐を買い、その隣の八百屋でねぎを買い、向かいの肉屋で卵を買ってそそくさと部屋に戻った。

洗ったり切ったりする手間のかかる料理は作る気力がない。とにかく温かいものを口に入れる。それだけしか頭になかった。今考えるとなぜその材料を買ったのか、すごく単純で笑ってしまう。食欲がないときは豆腐、これはいつもの習慣だった。栄養をつけなくちゃ、で卵。小さいころから聞いていた親の口癖だった。喉が痛いときは首にねぎを巻いていた近所のおばあさんの映像も記憶にあった。ねぎはからだを温めるとも聞いたことがあった。なんだかめちゃくちゃな着想だが、もうろうとした頭で考えられるのはそのくらいだ。

鍋に水を碗で三杯入れる。だしは湯豆腐にならって一〇センチ角くらいの昆布一枚を鍋の底に敷いた。ねぎ一本を三センチくらいの筒切りにして入れた。湯が沸いたら塩をひとつまみ入れて、ねぎをさらにコトコト煮た。ねぎに透明感が出てきたら豆腐を切らずにそのままそっと昆布の上に滑らせる。湯に浸かった豆腐は少し頭を出していた。それを見て、ひらめいた。私はスプーンで豆腐の真中を掬い取って食べた。まだ冷たさが残っていて喉の奥が気持ちよかった。ぽっかり開いた落とし穴に卵をそーっと割り入れてみた。

蓋をして火を弱くして待った。豆腐が温まって中まで火が通って、卵がポーチドエッグみたいになってくるはずだ。鍋の中を想像しながら、しばらくたって蓋を開けて様子を見た。卵の黄味の縁がうっすらと白くなっていた。表面を覆っている白身が固まり始めていたのだ。また蓋をして火を消して、少しのあいだ待ってからテーブルに運んだ。

湯気の中で湯豆腐とポーチドエッグが合体したような、しかも周りには透明感のある筒切りのねぎがぷかぷか浮いた鍋の中は美しい景色だった。まずスープを碗に注いで飲んでみた。あまーい。うまーい。二杯目は醬油を垂らした。もっとうまい。からだが温もり始めると食欲が戻ってきた。温かいスープを迎え入れた胃はググッと鳴った。今度はなにか固形物をくれと要求しているような響きに頼もしさを覚えた。スープの上に半分以上姿を現した豆腐の角をスプーンで掬って碗に入れて食べた。ふわりとして優しい舌触りと、なんともいえない甘味を感じた。

次にねぎを碗に入れて少し醬油を垂らして食べた。芯がねっとりとしてとろけるようだった。生まれてこのかた、ねぎをこんなにおいしいと感じたことは一度もない。

いつも肉が主役でねぎは隅っこだ。肉の味がしみ込んだねぎとか、味噌汁に浮かんだねぎとか、それまでねぎを主役に見立てたこともなかった。私はねぎを見直した。豆腐とねぎを代わる代わる食べた。豆腐の四隅を全部削り取りながら食べて、最後に卵がゆらゆら揺れて、豆腐の土台も揺れているところをお玉で掬ってそっと碗に移した。そして醬油を垂らした。卵はまさにポーチドエッグだったが、卵の白身がいつの間にか豆腐になったような曖昧さがとても新鮮で、最後に半熟の黄味と豆腐を一緒に食べるとまさに湯豆腐卵のクライマックス。こってりと優しい味わいに身も心もとろける感じ。

「昆布様、ねぎ様、豆腐様、卵様。ごちそうさまでした。すごく温まりました」──と手を合わせた。それ以来、風邪をひいて気力も体力もない日にはこれを必ず作ることにした。もしも小さな土鍋をお持ちならば最後まで温度が下がらず、それに酒も少し加えるとさらに結構なことでしょう。

バーンズの至芸——ベーコン・エッグ

田中英一

いま、美少女のほまれ高いブルック・シールズがオールヌードをみせる（と、いっても後ろ姿）ので評判になっている『裸足《はだし》の天使』（レナード・スターン監督）は、その衝撃的な話題とうらはらに、古風なほのぼのとした味わい深いロマンティック・コメディだ。札付きの不良少女が麻薬売買にからんで、ヤクザのお兄ちゃんの隙をみて、おふろから文字どおり裸一貫になって逃げ出す。ころがりこんだ先が、いまは引退して悠々自適の生活を送っている老コメディアンの家。そして八二歳の老コメディアンと一五歳の少女の間に、ほのぼのとした愛情が生まれる、という、まるで一九三〇年代の映画によくあったようなオハナシである。

この老コメディアンにハリウッド最長老のコメディアンであるジョージ・バーンズが扮するのだから役柄はぴったり。ジョージ・バーンズはもともと寄席芸人で、トーキー時代を迎えて映画入り、ボブ・ホープたちと共に『一九三六年の大放送』といった唄と音楽たっぷりのコメディで大活躍し、一時代を築いた人である。戦後は年齢のせいもあって、映画からはサッパリお呼びがかからなくなって、古巣のヴォードビル(寄席)へ帰り、クラブショーなどに出演していた。それがテレビジョン時代を迎えて、また大衆の前にカムバックして昔に劣らぬ人気者になり、今回久々に映画にも出演することになった。

私は戦前のジョージ・バーンズの映画を一度もみたことがないので、なんともいえないが、昔からご存知の先輩の話では、年をとってふけただけで、芸の持ち味は昔も今も全然変わらないそうで、〝偉大なるワンパターン〟といわれているそうだ。

『裸足の天使』のみどころは、この〝偉大なるワンパターン〟芸で、リズムに乗った動きが実にかろやかでみているだけでたのしい。気の利いたジョークを機関銃のように吐くわけでもないし、表情が千変万化するわけでもないのにどこかおかしい。有島一郎の全身リズム芸と益田喜頓の〝間の芸〟をミックスして、さらに磨きをかけたような芸風で、その一動作一動作に音楽がある。

いくつかの見せ場がある、というより彼が出てくるシーンはみんな見せ場なのだが、私がとくに気に入ったのは朝食にベーコン・エッグを焼いてみせるシーンである。私はいままで映画の中で数多くの料理をするシーンをみてきたが、この『裸足の天使』

のこのシーンは、映画の中でみた、もっとも美しくスマートでたのしい調理シーンであった。たかがベーコン・エッグ一つで調理とは大げさな気もするが手抜きなしに全プロセスをみせてくれる。ただし鮮かといっても、卵を宙にほうりあげたり、といった曲芸があるわけではない。字で書けば、冷蔵庫から材料を出して、フライパンで調理するだけで、なんの変哲もないのだが、その一動作一動作のリズムがなんとも絶妙なのである。

しかも、そのキッチン全体の内装もスペースも粋なのである。モスグリーンの冷蔵庫、磨き上げてシミ一つないガスレンジ。オレンジ色のカラフルな琺瑯引きのフライパンなどが、ひとりぐらしの老人が、いかにも小ぎれいに日々の生活をたのしんでいる、といった趣きがあふれている。そうして、焼きあげたベーコンは食べる宝石のようにみえる。ころがりこんできた家出娘のブルック・シールズにも、ベーコン・エッグをごちそうするが、彼女は旺盛な食欲でそれを片付けて「あぁ、おいしかった」というが、食べ終わったとき、みている私もなぜかホッと溜息をつきそうになった。

このベーコン・エッグを焼きながら、まずベーコンをフライパンに落したところで、壁のメモ板にエンピツで〝ベーコン〟と記入する。これでベーコンがおしまいになったから補充をしておかねば、という意味のメモなのか、今朝はベーコンを食べた、という老人らしい几帳面な備忘メモなのか知らないが、ベーコンと書いたところでエンピツの芯がプツンと折れる。こんどは卵を落とし、そこでまたメモに卵と書く。またプツン、次にミルク、またプツン……料理の方は失敗しないが、メモするたびにエンピツがプツン、この失敗のリズムが実におもしろい。バーンズの芸をみなれているアメリカの観客なら、ここでキャアキャアと笑うんだろう。試写室ではあんまりお笑いになる方がいない。私も「アハハハッ」と笑いたいところを遠慮して「アハッ」で、やめてしまった。

『フォロー・ミー』の中の卵に……

熊井明子

映画を観ていて、〝食〟のシーンに食欲がわいてくることがある。それも『バベットの晩餐会』とか『シェフ殿御用心』といった映画の大げさな料理ではなく、何でもない食物が、その場の雰囲気でおいしそうに見えるのだ。たとえば『フォロー・ミー』（キャロル・リード監督）に出てくるゆで卵。——若い人妻（ミア・ファロー）を、その夫の要請で尾行していた探偵（トポル）が、いつか彼女と意気投合してしまう。二人でロンドンのあちこちを歩きまわり、郊外のハンプトン・コートにピクニックに行く。庭園の中の迷路《メイズ》の奥で、ランチを広げ、ゆで卵を取り出して、二人同時にコツンと額にぶつけて割るのである。

私はゆで卵は好きではないが、このシーンは妙に気に入った。後にハンプトン・コートを訪れたときには、さっそくメイズに入ってみた。例のピクニックの場所が意外と狭いのに驚きながらも、「ゆで卵を持ってくればよかった！」と思った。あのシーンを思い出して急に食べたくなったのだ。映画では、ぶつけるところまでだったので――。

『月の輝く夜に』では、イタリア人のママが焼く卵とトマトが、いかにもおいしそうだった。また『狼は天使の匂い』のパイは食べたくなるだけでなく、作ってみたくなった。

最近の映画には、男が作る料理もよく出てくる。『灰色の容疑者』の中華料理、『グリーン・カード』のフランス料理。男が料理する、というだけで素敵な上に、とてもおいしそうだ。面白いことに、映画の中で男が料理する場合、必ず男性的に、セクシーに描かれる。

紅茶やコーヒーも、映画の中に現われるときはドラマティックで心がひかれる。『逢びき』の紅茶、『ティファニーで朝食を』のコーヒー。映画によっては香りまでも漂ってくるような気がして、ビデオで観ているときなど、とめてティー・タイムまたはコーヒー・ブレイクということも。

以上のほかにも食欲がわく作品は多いが、殆ど外国映画だ。しかし、日本映画で一つだけ、特別の思い出がらみの例外がある。それは『忍ぶ川』(三浦哲郎原作、熊井啓監督)である。

この映画の撮影中、熊井は大病後の体だったので、彼は神経過敏になっていて、私は緊張し、心身共に疲れきっていた。或る日、セットで、加藤剛さん（哲郎）と栗原小巻さん（志乃）が氷水を食べるシーンを撮影した。氷はライトで溶けてしまうから、タイミングが難しい。うまくいって、皆がほっとしたところで、小巻さんが一さじ私の口に入れてくれた。口の中で溶けていく氷……苺シロップの香り……一瞬、緊張がゆるみ、時がとまった。

『忍ぶ川』の氷水のシーンを観なおすたびに、あの甘美な一瞬がよみがえり、もう一度氷水を食べたいと思う。なぜか、あれ以来、口にしていない冷たくて甘い苺シロップの氷水を……。

同じ熊井の映画でも、絶対に現実とだぶってほしくない〝食〟のシーンが出てくる作品は、『ひかりごけ』（武田泰淳原作・熊井啓監督・ヘラルドエース、日本ヘラルド映画配給）。ここで展開されるのは、飢餓の極限状況に追いつめられた人間が、人間の肉を食べる、というドラマである。

しかし、それは決しておどろおどろしくは描かれていない。主演の名優・三國連太郎さんのキャラクターも相俟って、人間の哀しみや、おかしみがにじみ出ている。三國さん扮する船長が、奥田瑛二さん扮する若い船員と共に人間を食べるシーンでは、客席に笑い声がきこえるほどである（笑うのは主として若い女性。あなたはどうかしら……）。

この映画を通して熊井は、人間が生きていく上で、しばしば象徴的な〝食人〟の罪を犯している、ということを言いたかったのではないかと思う。従って、人が人を裁くことはできないし、一人一人が自らの内部に、生きる上での規範を持つことが大切だ、といったことを考えさせられる。つまり、自分に対する約束である。その意味で、田中邦衛さん扮する船員――約束したから食べない、といって餓死する船員が、私には人間の理想に思われる。

ともあれ、普通の食物がある、ということが、あらためて有難く思われる映画……これもまた、食べることが好きな人に、ぜひ御覧いただきたい映画である。

ぜいたくのたのしみ

田辺聖子

世の中がけちけちムードになって、いやらしくなってきた。

けちけちする、吝嗇《りんしょく》、お金惜しみ、などは本来、卑しいことだ。

ところが、いまは、けちと、物を大事にする、ということが混同されてしまった。

物を大事にする、つまり野菜はシンまでたべるとか、服をやりくりして縫い直して着るとか、お金をムダ使いしない、電灯をこまめに消す、などということは、美しく、おくゆかしいことだ。

女の子なら、小まめに電灯を消したり、からっぽの冷蔵庫の中をのぞいて、野菜屑《くず》をさがし出し、さっさと八宝菜や五目いためぐらい作れるような気ばたらきがないといけない。

ものを大切にするということは、女らしくてやさしい心である。

そんなことは、本当は、どんな世の中になっても当然、そうあるべきことで、物不足の声をきいてあわてて勉強することではない。

私は、にんじんのしっぽや、大根のしっぽもすてずにおいて、次の食事のとき、かす汁に刻むような女のひとが大好きである。

セーターをほどいて、ふんわりとかせにとり、それを「モノゲン」なんかで注意ぶかく洗い、風のないあたたかな冬日のさす窓の外に干し、ときどきさわってみて、

「もう少しね」

などとつぶやき、すっかり乾くと、こんどはそれをとり入れて、毛糸のたまに巻く。男のひとの手にかけたり、あるいは、

「十円あげるから、○○ちゃん、いい子でじっとしていて」

なんて子供の手にかけて糸をとる。ひとりぐらしの人だと、わが足にかけて鼻うたをうたいながら、毛糸の玉をつくったりしている。ときどき、弱くなってほそくなってる部分は捨てて、たまはふくらんでゆく。いくつも玉をつくって、いよいよ、こんどは、べつのセーターを、ちがう色を交えて編み出す。……そんな小まめな、やさしいことをする女のひとと、彼女の心が大好きだ。

あるいはまた、長年愛用のきものの、共衿《ともえり》がすり切れているのを、お正月に発見する。仕方ない。衿付けからほどいて、そして衿だけ縫いつけ、共衿はあとからくっつ

けて、くけることにする。衿山をすこしずらせば、大丈夫、着てたらわからない。

くけ台なんかもち出して縫い物する。

男のひとは、

「どうして女ってこう、コマゴマと継いだりはいだり、編み直したり、更生したりが好きなんだろう！」

と、つくづく思う。思いながら、女の手もとを、ぼんやり見ていて、煙草の灰をテーブルに落したのも気付かない……そんな女のひとも、私は大好き。

それらは、けちでもなく、みみっちいのでもないのだ。

物をたいせつにする、やさしい心からなのだ。

けちというのは、物がないため心がとげとげしくなり、狭くなり、自分もむだ使いしない代り人のむだ使いをこまかくとがめ、そのことばかり考えて、ほかのことは頭に入らない、というような人と、その状態のことだ。

そうなると、何が何でもムダなようにみえてしまう。

これも、人により天才がいるもので、着るものは汚れ目がみえぬというので黒や紺を愛用し、新聞は昼休みに会社の資料部でよみ、パーマを節約するためオカッパあたまにし、昼食の代りに飴玉《あめだま》一個をなめ、人のつきあいに財布《さいふ》の紐《ひも》をゆるめず、西鶴《さいかく》流《りゅう》にいえば「腹のへるを悲しみて、火事の見舞いにも早くはあゆまず」という有様になっていく。

そうして一心不乱に金をため、投資したり金貸しをしたりして金をふやすのに夢中になったりする。

本人が満足していればそれで結構なことであるが、そして、本人が、人は人、私は私、と悟っていれば、それはそれで、りっぱな風格である。

ところが、こういう人々は往々にして、人を強いる。

「そんなことしてちゃ、金は貯《た》まらへんわよ」

と忠告する。あるいは嘲笑《ちょうしょう》する。

彼女らのあたまの中では、金、資産が至上のもの、という気が牢乎《ろうこ》としてぬきがたくあり、金よりほかに大事なものがあるとは思いもそめぬらしい。

こういう人に、独身女性が多かったりする。独身だから金や財産が至上のものになるのか、金が大事だと思うから独身なのか、そこは、鐘と撞木《しゅもく》の関係で、どっちがどうか、わからない。

いまのけちけちムードには、いわば、こういう人々が、ほかの人を強制して、世をみみっちく、している気がする。

私の女友達二人、金沢へ泊りがけであそびにいこうと思い立った。一人は、せっかく一年にいっぺんの旅行なので、ふだんできないようなことをしてみたいと思い、一泊一万二千円という宿へ泊ってみたいといった。

片方の友人はビックリし、ついで、烈しく反撥《はんぱつ》した。

「同じ寝るのにあほらしい、その三分の一ですむ所へいこうよ」

双方、四十を出たいい年の女で、双方とも自分で仕事をもっている独身女性である。このときは前者の女のひとがおだやかな気立ての人なので、それもそうね、と、安い宿に泊ることにしたが、私なら、一万二千円のところへ泊ってみたい気がする。ハタチの小娘ではあるまいし、人間四十まで生きてきて、そのくらいのぜいたくを知ってみたいと思うからだ。

それをぜいたくだと思う人は、それでよい。でも、それを人に強いることはない。

どうしてけちな人は、自分だけけちですまさず、人のおせっかいまでやくのだろう！

けちと、物をそまつにする、ということを混同するからだ。

私だって、若いひとが駅弁を半分たべただけで、まずそうに捨てにいくのをみると、勿体《もったい》なさに胸がふさがり、つい、とがめたくなる。

それは、けちではないと思う。物をたいせつにしない心に、人や物を愛するデリカシイはないからだ。

しかし、たとえば、貧しい若い女のひとが、ほしいほしいと思いつめ、長いことかかってやっと買った高価な香水や、お人形や、アクセサリーは、むだ使いとは思わない。

それらは人間に、ぜいたくのたのしみを教えてくれる。

好きなものがある、美しいと思うものがある、ということは、何と人間にとって快いぜいたくだろう。

ある投書で、私は、毛皮コートのたぐいはぜいたくで、かつ動物愛護の見地からも、ゆるしがたく残酷である、という文章をよんだ。

そういう論旨は、まことに尤《もっと》もで、誰も反対できない。

何百万もする毛皮コートなど、ふつうの生活をしている人には買えない。私も持ってない。

まして、一着のコートを作るのに、何匹のミンクが殺されねばならぬか、などと威《い》丈高《たけだか》にわめかれると、誰も口をつぐみ、うなだれてしまう。

この物不足のきびしい時代に、などと声を励ましていわれると、みんな、ますます、うなだれる。

しかし、あの毛皮のしなやかな、あたたかい、てのひらに消えも入るかというなめらかな感触は、まあどういえばよかろう。肌《はだ》をふっとくすぐる香気のような感触、頰《ほお》をよせるとびろうどよりも煙よりもやわらかく、いくら撫《な》でても飽きない。

「まあ、いい手ざわり！」

と女のひとはうっとりと、売場の毛皮にふれ、男のひとは値札をよんで身震いしている。

「どうせ着たって似合わないよ」

「ううん、買うなんていわないわ、でも、ちょっと、着せてもらってもいいかしら……」

などと、女のひとは夢みるように、おずおずと、毛皮を撫で、つかのまの感触をたのしんでいる。

どうしてこんなにやわらかくてあったかくて、ふわーっとしてるんだろう……こんな美しい毛なみをもった動物がいるなんてすてきね、などと思う。売場をたちさりかねて、毛皮をながめている。

彼女はしばし、ぜいたくの香気に酔い、人間にとってぜいたくの何たるかを知るのである。

さらに、宝石売場へいく。陳列ケースの中のダイヤやエメラルドにじーっと見入る。ダイヤの光はけばけばしすぎるし、指環《ゆびわ》は欲しいとも思わない。でも彼女は、その光にみとれてしまう。思わず、きれいねえ……とためいきがもれる。オパール、ヒスイ、トルコ石……と見てゆく。ずいぶん、ふしぎな宝石がいっぱい、あるのねえ、と魅せられてしまう。買えないけれど、「好きだなあ、あれがいいわ」などと思ったり、している。

女のひとはまた、デパートの舶来品《はくらいひん》売場へいく。まるで大きな宝石のような、みごとな家具に、ためいきをついて、そっと手をふれる。

木彫りの本棚《ほんだな》、大理石と金のテーブル。

そこへデパートの人が、「ちょっとごめん下さい」などと声かけて、売約ずみの赤札のついたそれを、持っていってしまう。女のひとはおずおずとよけて、内心、(まあ、あんな高価な家具をさっさと買ってゆく人もあるんだわ!)と驚嘆する。

美術骨董品《こっとうひん》などをじっと立ち止まってみるのも、女のひとは大好きである。大理石の彫刻、スペインの鉄の燭台《しょくだい》。黄金でふちどりしたフランスの鏡台。

「何という、すばらしい品物だろう」

とほれぼれ見、さわったり、指でついたりする。店員がじっとうさんくさそうに見ているので、女のひとはすこしあかくなって、手をはなし、あるき去る。あ、こんな壺《つぼ》がある、あ、こんな椅子《いす》がある、と女のひとは美しいものをみるたびに、心からおどろき、惚《ほ》れこむ。

それらの感動は、じつにおくふかい。金をためることに生き甲斐《がい》をもつ女たちにはもはや、味わえない感動である。いつでも何でも、もしかしたら、デパートごと買えるような億万長者では、もう絶対、味わうことのできぬ幸福感である。ぜいたくは、みたされたとき、単なる物欲となってしまう。

女のひとはしまいに、イタリーものの陶器の卵立てを二つ、買ってくる。その卵立ては、今日みたすべてのぜいたく品を綜合《そうごう》し象徴するぜいたくである。

女のひとは買った品ものを見あきない。うれしくてたまらず、卵立てを撫でたりしている。

そうしてはじめて使うときは、天にものぼるここちである。

ところで、二つ買ったのは、一つは男のひとのためである。

どんなぜいたくも、結局、愛する男がいるというぜいたくの前には物の数でもない。(この女のひとはそれを知らないけど、漠然《ばくぜん》と感じてる)朝食の卵を二つゆで、はじ

めて卵立てを使う。そうして、男のひとを呼び、それを指さしてみせ、

「ぜいたくな卵をたべましょう」

と微笑《ほほえ》む。私はそういう女のひとが好きである。ぜいたくを愛することを知っているひとが。

落ち込んだときは

松浦弥太郎

「ずいぶん、しょんぼりしてるじゃないか」

そうやって、自分で自分に声をかけたくなるときがあります。

いさかい。

仕事での失敗。

うまくいかない、あれやこれや。

小さいけれどなかなか抜けないトゲみたいに、心に引っかかった誰かの言葉。

へこんでしまうことは、思いのほかたくさんあるのです。

そんなとき、僕は台所に行きます。冷蔵庫から取り出すのは、たまご。

白くてぴかぴかした丸いたまごを割ると、つるんと透明の白味に包まれた橙《だいだい》色の黄身がすべり出ます。

自己流に目分量で塩や砂糖を入れ、かしゃかしゃかき混ぜる。

フライパンに油をひいて、そうっとたまごを流し込む。

落ち込んだとき、僕はもくもくと、たまご焼きをつくるのです。はしから丸めて、形を整え、焦げないようにして、できあがったらお皿に移します。

両親が共働きでしたから、子どもの頃はおやつ代わりにたまご焼きをつくりました。大人になった僕は、落ち込んだらたまご焼きをつくり、ぱくぱく食べて美味しかったら、自信を取り戻します。

「ああ大丈夫、ちゃんとできるじゃないか」と。

心がしぼんでしまったときは、どんなにささやかでも、得意で好きなことをやってみるといいのです。たまご焼きじゃなくてもいい。誰にでも、何か得意なことはあるでしょう。

料理のほかに僕が得意なのは、古本屋に行き、ゴミの集まりの中から宝石を探すように、素敵な本を見つけ出すこと。古書店の仕入れとはまったく別で、たまご焼きと同じ「落ち込み脱出作戦」として、ときどきそんなこともしています。

そこのしょんぼりしているあなた、さあ、何をつくりますか?

ご馳走帖　⑤
心をふわふわにしてくれるたまご

へこんでしまった時には台所に行って冷蔵庫からたまごを取り出し、もくもくとたまご焼きを作る。そして、ぱくぱく食べて美味しかったら自信を取り戻す。松浦弥太郎さんはこんな風に書いている。この「もくもく」という動作がいいのだろうが、たまご焼きという名前や姿にも、へこんだ気持ちを元に戻す力があるような気がする。「落ち込み脱出作戦」のひとつとして覚えておこう。

私の場合はどうだろう、と考えてみた。私の場合はそう、たとえば『私の保存食ノート』（佐藤雅子著・文化出版局）を開いてみることだろうか。

この本は保存食のレシピを集めたものだが、文章が優雅で、エッセイとしても楽しめる一冊である。行間から明治や大正の女性が使っていた白粉や香水の香りが床しく立ち上っても来るようでもある。だから、読んでいてとても細やかな気持ちになる。

佐藤雅子さんの大切なノートから生まれたレシピは、明治生まれの人が書いたとは思えない位に今でも新しいのだが、何よりも素晴らしいのは、書き添えられた佐藤さんの個人的なコメントである。それを読むと、料理というのが暮らしや思いとつながっていることを実感する。だから、ちょっぴり落ち込んでしまったり、何かを作ろうという気持ちが起こらなかったりする時はこの本を開いて、心のへこみを自己修復するのである。

また、佐藤雅子さんのお料理本からは、磨き込まれ、使い込まれたキッチンの匂いがする。落ち込み脱出作戦のひとつとして、キッチンをぴかぴかに磨き上げる、というのもありかも、と佐藤雅子さんの本を読みながら思ったりする。

「バーンズの至芸」に書かれている『裸足の天使』の見せ場のひとつ、朝食にベーコン・エッグを焼くシーンを読んだ時も、「磨き上げてシミ一つないガスレンジ」という描写に心がキリッと立ち上がる気がした。また、冷蔵庫から材料を出してフライパンで調理するという何の変哲もない動作やそのリズムの絶妙さ、背景にあるキッチンの風景の美しさ、焼き上げた食べる宝石のようなベーコン・エッグ……。こうした描写に触れるだけでも背骨がまっすぐになる気がした。

だが、落ち込んだ時は、たまごそのものの姿、かたちを見るだけでも効き目があるのではないだろうか。

「自分で、あ、心がとげとげしくなっている、と思うとき、私はやわらかいものに刻印された可愛らしい形を思い浮かべます」『続・私の部屋のポプリ』（河出書房新社）

熊井明子さんはこう書いているが、その形や、ふわふわしたたまご料理を思い浮かべるだけで、ふっ、と気持ちがほどけるような気がする。そういえば森茉莉さんも「卵の形や色には、なんとなくいかにも平和な感じがある」と書いているではないか。

これから歌でも歌いながらゆでたまごを作り、コツンと額にぶつけて割って食べてみよう。訳もなく愉快な気持ちになるかもしれない。

第六章
卵のふわふわ

金沢式の玉子焼

室生朝子

毎年暮になると私は玉子焼を四十本ほど焼く、そして親しい方に届けるのである。毎年数が増えていき、年をとってきたから今年こそは数を減らそうと思うのだが、つい、ついと多くなってしまう。三十一日に家の分として最後に二本巻きあげると、今年も無事にすぎた、病気もせず仕事も順調に進んだ、一年が終ったとほっとするのである。疲れて腰が痛くとも、私には満足感が充実すると同時に、一年の大きなしめくくりとなるのである。暮ちかくなると用事がなくとも電話をかけてくる友達があるが、私は言葉に現わさない玉子焼の催促と解し、内心嬉しいのである。私の玉子焼を待っていてくれる人が、あると思うだけでも楽しい。

金沢式の玉子焼と呼んでいるが、このごろは金沢でもあまり焼く人はいないようである。私は母から教えられた。母も金沢の生れであり、いろいろな料理を教えてくれた。母は酒の肴でもお総菜でも上手で、まめな人であった。

私が女学校三年の時に母は脳溢血になり、以後二十二年間半身不随の不自由な生活を送った。従って私はその頃から台所にはいる必要に迫られた。お手伝いはいたが、時には金沢の「じぶ煮」を作る時は、犀星に味見をしてもらったものである。その度に犀星は、元気であった頃の母の作った味を思い出すのか「あと少々、お醤油を足しなさい」などといってくれた。物資のない戦争中の食事は容易なものではなかったが、手元にある材料を工夫して、家族に喜んでもらうのに一生懸命であった。その積み重なりで私は料理が好きになった。時たま客があると、私の手料理で楽しい時をすごすが、誰も美味しいと喜んでくれる。人から褒められる度に、私は思う。もしも母が病気にならず、贅沢にすごしていて人手があるのをよいことに、台所を手伝わなかったならば、今ほど手早く上手に料理ができなかったのではないかと。

もともと私は喰いしんぼうだから、時々目新しいものを作り、娘が喜んで食べるのを見るのが楽しみなのである。夕食の支度をする時間だけが、一日のなかで私が女らしい感情になる時である。

犀星が再入院をして、日に日に食欲がなくなったある日、私は玉子焼を作って病室にはいった。夕食の時犀星は、

「キミにしては、玉子焼とはよく思いついたものだね」と言った。

玉子焼ひと切れは、犀星の形ある食物としての最後のものとなったのである。

たまごの不思議

筒井ともみ

年末から年明けにかけて約二週間、ニューメキシコからアリゾナ、カリフォルニアを旅してきた。その旅の間中、メインの食事の殆どは鳥類だった。海老や蟹、白身魚にさして食指の動かない私としては常套の品えらびなのだが、その中でも、とりわけ鶉《うずら》をよく食べた。旅の最後に行ったサンフランシスコ郊外のバークレーにある〝シェ・パニース〟というレストランの鶉はなかなか絶品だった。このレストランのオーナーシェフであるアリス・ウォーターという女性のことは以前から聞いていて、いっぺん行ってみたいと思っていたが、まことに旨い。志のある、素適なレストランだ。バークレーという土地柄なのか、野菜などの食材に力があることに加えて、一皿ずつの料理にこめられたアリスの料理への強靭な愛と好奇心、簡素で鋭い洞察力には感動させられた。お腹があまり空いていない状態で出かけても、食べすすむうちに胃の奥から活力がこみ上げてきて、食べ終わった時にはむしろすっきりとさえしている。

この〝シェ・パニース〟には二晩つづけて出かけたが、二晩とも鶉を食べた。細い骨にみっちりと歯応えのある肉を付けた鶉の足を齧っていた時、ふとある疑問が襲いかかった。この鶉の玉子たちは何処にいるんだろう。旅の間中、鶉の玉子を見かけたことはなかった。同行の友と素朴な疑問を語りあっているうちに、そのひっくり返しの疑問が湧き上がり、私たちは不安にかられてしまった。我が国では、あんなにも多量に出回っている鶉の玉子の親たちは何処にいるのだろう。

カラオケが置かれているような廉価な居酒屋でも鶉の玉子とはよく出会う。山かけや納豆にのっていたり、薬味の脇に置かれていたり。しかしその生みの親である筈の鶉に出会うことは滅多にない。あるとすればフレンチレストラン。その鶉もたいていフランスから空輸されたものだ。まさか玉子までが飛行機に乗ってくるとは思えない。鶉の玉子の親たちは何処にいる。

鶉の玉子が広範に使われている原因はまず日持ちのよいことにあるらしい。生み落とされてから二、三カ月は大丈夫だという。そうとなれば恐らくもっと長い間放置され、ゆっくりと玉子生命を終えていく玉子も多くあるだろう。私は小さい頃からかなり重症な玉子好きなのに、鶉の玉子は寄せつけなかった。一、二回は口に入れたこともあるが、あの何の感慨も呼び起こさない味は、私が思い描く玉子の味とは遠くかけ離れたものだった。

私がこんなにも玉子にこだわるのは、私の食物との係わりの原点に、幼い頃、我が家の狭い裏庭で飼っていたチャボという名のニワトリがいるから。夕暮れの金網ごしに、幼い私とじっと見つめ合っていたチャボの老いと死は、私に食べ物というものは私たちの口に入るまでちゃんと生きていた、生命を持っていたということを教えてくれた。その老チャボは一年にほんの数回、ひっそりと無精卵を一個ずつ生み落とした。残念ながらその玉子の味は覚えていないけれど、朝起きて、チャボの寝床のワラの上に玉子を見つけ、手の平に抱いた時の感触は覚えている。まだほんのり暖かくて、静かなチャボの匂いがするような気がして嬉しかった。

チャボの玉子の味を求めていろんな玉子を買い続けてきたが、「コッコランド」という、岩手県八幡平にある小さな養鶏場から送られてくる玉子がいちばんチャボの匂いを思い出させてくれた。烏骨鶏やブランド玉子ほど高級すぎず、素朴で陽だまりのような味がするのだ。私は玉子が届けられるとすぐに割って白味は残して黄味だけを口にふくんでみる。めっとりと口中を包むように広がっていく味は懐かしくてやさしく、ちょっとやるせない。玉子が愛しいのは、このちょっとやるせない感触があるからだ。

それなのに鶉の玉子にはその感触さえない。廉価な鶉の玉子がクローン生産されているとは思わないけれど、だとしたら、鶉の玉子たちも淋しいにちがいない。その幾つかは殻を破り雛となり、やがて立派な鶉となって羽ばたき、思いきり鳴き声を上げることだって出来たかもしれないのに。そんな夢を見ながら、あるいはそんな夢の存在さえ知らずに調理場の片隅で玉子生命を終えていく鶉の玉子たち。まるで宇宙の暗闇に漂う石コロのようだ。

最近東京で、朝絞めの鶉を買える店を教えてもらった。その店に行って、朝生みの鶉の玉子を分けてもらおうと思っている。そしてチャボの玉子をそうしたように小さな玉子を手の平で包んでから、いつも私の舌を喜ばせてくれる親鶉たちに感謝しながらゆっくりと玉子の味を味わってやりたい。

感応を頼りに

辰巳芳子

読者の多くは、我が家の厚焼玉子を、本や新聞、講習会などで御存知の方が多いと思います。御存知ない方のために一言申し上げますと、十箇の玉子に出汁と調味料を配合し、厚手鍋に一気に流し込み、よせ焼きにしてしまう、私が幼い日に母の手際を感嘆し「心臓焼き」と名づけた、そんな性格のものでございます。

今回はその「心臓焼き」の余談とでも申しましょうか、私にとって冥利につきる思い出を御披露してみます。

朝日新聞にこの玉子焼きを発表して、二ヶ月程たった春の朝、ききなれぬ山形なまりの電話を受けました。

「私は鶴岡に住む石塚久子と申します。新聞の玉子焼きを私も是非作りたいのです。つきましては、それを焼く、厚手鍋とはどんなものか、一度見てみたいと思い、夜汽車でやってまいりました。今、浄明寺バス停の駐在所前におります」。私は咄嗟に

「喜んで、お待ちする」と返事をしましたが、山形から鍋を一目見に来る心意気にまごついていました。

程なく、玄関の上りかまちに丁寧に手をつかれたのは、八十歳前後の御高齢の方でした。

「突然でおゆるし下さい。私の田舎は間もなく国鉄が廃止になります。それからでは、もうお訪ねはかなうまいと思い立ってまいりました」。手みやげのお菓子まで添えての口上でした。憧れの鍋をお見せしたり、さわらせたり、玉子焼きを焼いてみたり、食べたり。

夜行の疲れも見せず、石塚さんは、一々納得し、満足し、「では、これで、このまま山形へ帰ります」と帰ってゆかれました。

東京の親類を訪ねるついでなどでは全くなく、ひたすら「念仏講の人達にあれを作って喜んでもらいたい、ついては〝鍋を確めたい〟」、なんという純粋でわかわかしい探究心でありましょう。そして、現代の私達がホゴのように捨ててしまった、心の態度でありましょう。一種のファンの中には、時々変わった方がおられますが、石塚さんは、至って常識家でありました。

よい料理の持つ底力もさることながら、自分の心の感応を信じられる人の幸せをつくづく思います。母が玉子焼きを、正月のだて巻き代わりに考案したのは、三十歳前後のことでした。

なぜ普通の玉子焼きのように、焼きながら卵汁を加えつつ、おいおい大きく巻くことをせず、大鍋に一気に卵汁を流し込むようにしたのか、今となってはわかりません。申し上げられるのは、一気に流し込んだために得られる効果です。鍋のふちに焼き寄せた玉子からは、出汁と調味料が滲出します。この滲出液を玉子のかたまりにかけては煮つめを繰返します。これが、独得の味わいのもとになるようです。

母も玉子に対する自分の感応を唯一の頼りに、誰に習うでもなく心臓焼きを作りました。〝感応力〟。なんと幸せな能力でしょう。

＊＊玉子焼きのレシピー『手しおにかけた私の料理』（婦人の友社）より

厚焼き玉子

一〇個の玉子を一気に厚手鍋に流してよせる手法のこの玉子焼きは、ラグビーボールを平たくしたような形。全体にべっこう色の照りを帯びた仕上がりです。

玉子からにじみ出た汁を煮つめ、かたまりにそそぎかけ、玉子に吸わせ、吸わせするのが、この厚焼き玉子の、他の玉子焼きとは全く異なる所以《ゆえん》です。だしの中に調味料を入れてよく合わせておき、これをといた玉子と合わせます。なるべく泡がたたないように、白みを箸で切るようなつもりでまぜます。

厚焼き玉子は厚手の底角が丸みを帯びた深さ一〇㎝、口径二七㎝位の鍋（砂鉄の天ぷら鍋を思っていただくとよい。又は厚手のフライパンでも）で焼くと上手に焼けます。鍋を中火にかけ、熱くなってから、サラダ油と胡麻油を一度に入れ、鍋全体に油がよくゆきわたるようにします。

鍋が充分に焼けてから、まぜ合わせておいた材料を一気にそそぎ入れます。一分ほどたってから、木べらで鍋底を右から左へ急がず、しずかにかきよせますと、火の通った玉子はひだがよってかたまりはじめます。ここで手を休めてしまわず、しずかに、まんべんなく、木べらを使って、鍋の底から順ぐりに玉子をかきよせ押しつけて、かたまりが鍋いっぱいになったら、火の通った玉子を鍋の片側にどんどんよせてしまいます。

玉子全体に火の通るころは、玉子が一つの大きな形にまとまって、鍋の片側によせられていることになります。その頃、玉子に加えておいただしが、にじみ出してきます。この汁を気長く煮つめ、この煮つめ液を玉子焼きにかけては吸わせ、又、滲出してきた液を煮つめながら玉子に吸わせてゆく。このくり返しが、この玉子焼きの独特の手法です。

　すっかり汁が煮つまって、泡にいくらかねばりが出るようになると、汁がべっ甲色になってきます。ちょうどその頃は玉子の鍋にあたっている側も程よい狐色のてりが出ています。この時を見はからって、玉子を裏返します。又ひとしきり汁が出ますが、そのまま煮つめます。裏もべっ甲色になったら、玉子焼きにまんべんなくへらでからみつけます。

　まことにおいしそうな狐色のてりが玉子焼きのまわりについて焼き上がります。焼きたての熱いのを適当に切って、大根おろしをそえます。

●玉子の中に、上質のサラダ油大匙三杯を入れて焼くと、いっそうこくのある玉子焼きとなります。

●玉子焼きの味見をするときは、ひかえめに調味した玉子液を別のフライパンに少量落として焼き、さめてから味をみて、好みの味に仕立てて下さい。

材料　玉子10個／だし（濃いめの一番だし）約1¼～1½カップ／酒½カップ／砂糖大匙中山5／塩小匙⅓／醤油大匙3／胡麻油とサラダ油（半々）大匙3

＊薄焼き玉子

薄焼き玉子は錦糸玉子にして五目ずしの具に、又刻まずに玉子ずしや茶巾ずしを包むのに用います。玉子一個に、親指と人さし指でつまんだ位の塩と、場合により塩の倍位の砂糖を加えて、よくまぜます。

胡麻油かサラダ油を鍋にごく薄くひき、よく熱します。鍋が熱すぎると玉子が厚く焼けますから、いったんぬれ布巾におろしたところへ、およそ一枚分の分量の見当をつけて左手で鍋にながし、ほとんど同時に、右手で鍋の柄を動かして鍋一面に玉子を薄くひろげます。残った玉子は器に戻します。

弱火で焦げ目がつかないように焼きます。表面がかたまったら、竹串を玉子と鍋の間にさしこみ、さっと返します。

茶巾ずしに使う場合は、片面だけを焼いて仕上げます。錦糸玉子にするときは、片側に火が通ったら、片側はちょっとかわかす心持ちでさっと火を当てます。冷めてから何枚か重ねてごくごく細く刻みます。

刻んだ後は、箸の先でかるくポッポッと玉子を持ち上げてふかし、ふんわりさせます。

●直径二〇cm位のフライパンなら一個の玉子で三～四枚焼けます。

ふわふわ

林 望

江戸時代には「ふわふわ」という、オノマトペをそのまま名前にした簡単な料理があった。卵の料理である。作り方は実に単純である。卵十個に対して、出し水を盃十杯、醤油と酒をそれぞれ一杯ずつ加えて、かき混ぜながら弱い火でゆるゆると煮立てると、それだけでおしまい、味はこのレセピを見れば大方見当がつく。こういう料理は、今日の感覚からすると、安くて手軽な朝飯のおかずでもあろうかという気がするかもしれないが、そうではない。卵は、栄養に富み、精力を増す食品というのが古くは最も一般的な見方だった。だから、遊廓の夜食にこういうものを食べるというようなことが、文学作品の中に出て来るのである。

そういう「卵信仰」みたいな感じは、私たちの少年時代までは色濃く残っていた。たとえば、そのころ風邪を引いたりして、食欲もなく熱に浮かされてふせっていると、母親が「卵の皿焼き」というものを作ってくれた。要するに皿に割った卵を、やさしくかき混ぜながらごく弱い火にあぶって、とろとろと煮たもので、最後にちょっと醬油がたらしてあった。子供だから「卵酒」は口にさせて貰えなかったが、それでもこの頼りない卵料理をフウフウいって食べると、なんだか元気が出て来るようだった。

近所にイノウエさんというお爺さんがいた。子供好きで良寛さんのような人だった。やがて、イノウエさんは不治の病で床についた。そのとき母は私たちを連れてお見舞に行った。私たちは既に別の場所に引っ越していたのだが、紅白の紙をかけた木箱におが屑を入れて、そこに茶色い卵を十五個くらい置いて、そろりと持っていった。大事そうに木箱に入れられた、この卵を食べると、その栄養の力でイノウエさんは再び立つような気がしたけれど、間もなく死んでしまった。今では、卵は物価の優等生とか言われて、安い手軽な食品の代表になったが、もはやこういう「病人の薬餌」というような力は無くなってしまった。

＊スペイン風オムレツ

私の知人で、長いことスペインで過ごしたギタリストがいます。彼女直伝のレセピを伝授いたしましょう。ニンニクのいっぱい入った油っぽいスパニッシュ・オムレツで、非常に濃厚な味であるが、これがなかなかにおいしい。冷めてもまた、それなりに独特の味を保ちます。が、相当にニンニク臭いから後で息の匂いにご注意。

〔材料〕

・タマネギ　中〜大2個（みじん切り）
・ニンニク　3〜4粒（みじん切り）
・ジャガイモ　4〜5個（薄切りにし、水にさらしておく。使用する際にはよく水を切る）
・卵　5〜6個
・塩
・コショウ
・サラダ油

卵はボウルに割り攪拌《かくはん》しておく。しかるのち、サラダ油を厚手のソースパンにたっぷりと入れる。この熱したサラダ油の中に、タマネギ、ニンニク、ジャガイモを一緒に入れて揚げます。材料がやや柔らかくなったところで、そのまま油の中でしゃもじを以て適当に軽く押し潰すこと。ここがひとつの要領ですが、コロッケを作るんじゃないんだから、マッシュするほど潰してはいけません。ただ、すこしジャガイモの形が崩れるようにもっていく、とそういうことです。

以上がすんだところへ、塩、コショウを適宜加えます。かくてジャガイモがすっかり柔らかくなったら、網状のおたまみたいなもので、適当に油を切って材料をすくいあげる。この揚げた野菜を概ね冷ましたのち（そうしないで、熱いまま卵に入れたら、あっというまに固まってしまって、あとでうまくオムレツ状にならないのでね）、溶いた卵のあるボウルの中に入れ、よく混ぜます。

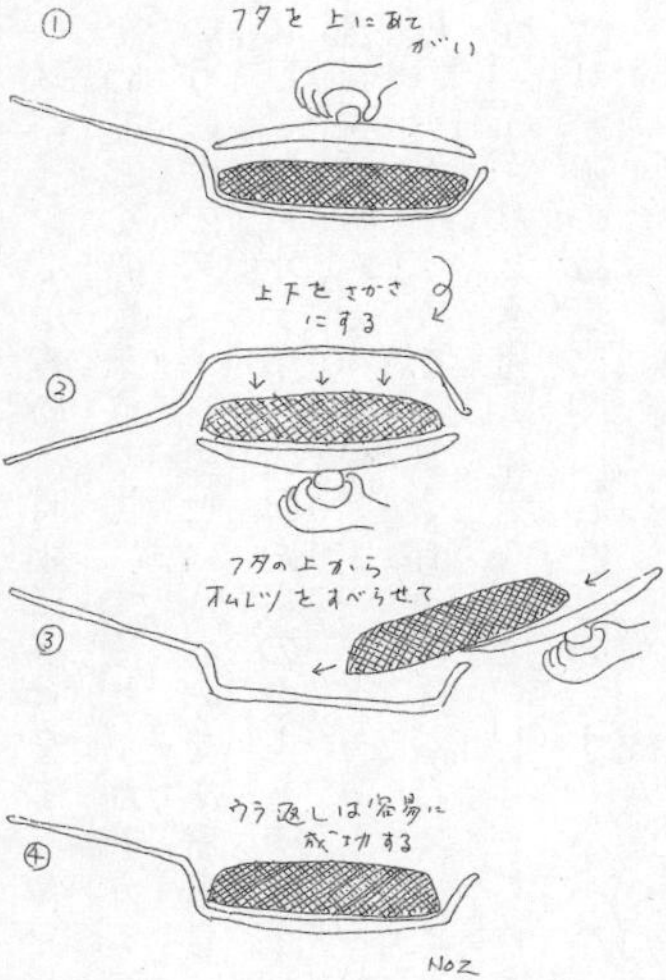

後は普通に焼くだけ。高さが3～4センチ以上になるよう厚くして、弱火でゆっくりと焼くのである。10～15分程して、上のほうがチリチリしてきたらエイヤッとひっくり返します。へらでやると、全体の重量、及び面積にたえきれず崩れてしまう恐れがあるので、大皿、または大きな鍋蓋などで、反転

させるのが望ましい（前頁の図を見よ）。

スペインでは夜の十時頃に夕食をするので、これを夕方頃焼いておき、天火であためておくのだそうです。すると、カチカチになりますが、そういうものを食べるというのが、スペイン風というものであるらしい。オムレツのことをトルティーリャとよび、特にポテトを入れたものをトルティーリャ・パタータスと、入れた具の名がつきます。好みでハムやアーティーチョーク、マッシュルームなどを中に入れてもよろしい。イギリスではよく街の軽食屋でスパニッシュ・オムレットと称して売っているが、イギリス人は大雑把なので、しょっちゅう卵の殻が入っていて、噛むとジャリジャリするのは真に閉口したものです、ハハハ。

玉子の雪

村井弦斎

　不完全な道具を活用する料理法は、玉江にとって大切。熱心にお登和《とわ》さんにきく。

「玉子のアワを立てることさえ一つ上手《じょうず》になれば、色々な料理に応用されます。これも片田舎《かたいなか》でもできることですが、玉子一つの白身ばかりへ塩を少しまぜ、ごく大きな湯ノミかコップの中へ入れて、茶筅《ちゃせん》かササラか五、六本のハシで根気よくかきまわしていると、底の方に少しあった白身がアワ立ってふえて、湯ノミ一ぱいになります。ちょうど雪のように固くなって、ハシの先へ着いて上るようになります。別に平たい鍋《なべ》へ湯をグラグラ煮立《にた》たせ、今のアワ立てた白身を入れると、また一層ふくれます。それをすぐ網《あみ》シャクシですくいとっておサラへ盛《も》り、お砂糖《さとう》をかけて出すと、上品なきれいなお菓子《かし》が出来ます。(注)西洋では玉子の雪と申しますが、一つの白身で二人前出来ます」

　上等にすればカスターソースをかける。また残った黄身へお砂糖をまぜ、湯の中で煮《に》てかけてもよい。牛乳一合（一八〇cc）を煮立て、白身のアワ三個分を入れると、牛乳が半分ほど吸いこまれ大きくふくれる。それをサラへとり、残った牛乳へ三つの黄身と砂糖を入れてかきまわしながら煮、ドロドロになったのをかけると、おいしくて病人にも向く料理になる。ビスケットでもソバケーキでも、何でも玉子を入れて焼くものは、白身をアワ立てて入れるとフックリ出来る。普通《ふつう》の玉子焼にも、白身をアワ立てて黄身へ加えると、フクフクした玉子焼になる。

「ソフトオムレツは、玉子の黄身へ塩少し加えてかきまぜ、別に白身を、よくアワ立てて軽く黄身とまぜ、鍋《なべ》へ油を敷《し》いて流しこみ、いっぱいにひろげて、両端をたたみ込んで、打返して焼くと、フクフクしたオムレツになります」

お登和《とわ》さんは、軽便《けいべん》料理の研究もふかい。

注　玉子の白身をよくアワ立てると、雪のように白くふくれるおもしろさは、小学生時代の私に大した魅力《みりょく》だった。カステラ類、ビスケット類などの上手下手《じょうずへた》は、玉子のアワをよく立て、その泡《あわ》を消さぬように、他の材料を軽くまぜる手ぎわにある。

安堵　卵のふわふわより

宇江佐真理

（略）

夜が更けるとともに、部屋の中は冷えてきた。のぶは枕許の火鉢に炭を足した。

「のぶちゃん……」

忠右衛門が眼を開けて、そっと声を掛けた。

「あら、起こしてしまいましたか。申し訳ございません」

「いや、そうじゃないよ。わし、腹が減った」

「お粥を炊いておりますので、今、お持ちしましょうね」

「粥か……」

忠右衛門はつまらなそうに応えた。

「何かお召し上がりになりたいものがございますか」

「ああ。わし、卵のふわふわが喰いたい」

「卵の、ふわふわでございますか。申し訳ありませんが、わたくしの手には余ります」

聞いたこともない料理だったので、のぶはそう応えた。

「のぶちゃん、作り方を知っているのかい」

「いいえ」

「わからないから手に余ると言ったんだろう」

「え、ええ……」

「いけないよ。いい加減な返事をするのは」

「申し訳ありません」

「あれを取ってくれ。喰い物の覚え帖だよ」

「は、はい。どこにございますか」

「茶の間のさあ、机のところ」

のぶは手燭《てしよく》を持って茶の間に行き、文机の上にあった冊子を見つけた。それをぱらぱらとめくり、「卵のふわふわ」の項目を探した。

『卵のふわふわ――ひで女宅《じよ》にて。

鰹節のだしを使い、醬油味の勝ったすまし汁に仕立てる。小鍋にすまし汁を煮立たせ、砂糖をほんの少し入れた卵をよく掻き混ぜ、鍋の縁からいっきに落とし込んで蓋をする。

ゆっくり十数《とお》えてでき上がり。椀によそい、あれば胡椒を掛けて食べる』

覚え帖は忠右衛門が心に残った料理を書き留めておくものだった。もうずい分使い込んで、表紙の端はめくれ上がったくせがついていたが、中には相変わらず端正な文字が並んでいた。

忠右衛門は、いつ、おひでと卵のふわふわを食べたのだろうか。それを考えると笑いがこみ上げた。おひでと忠右衛門は句会にも一緒に出る間柄である。少し小腹の空いた忠右衛門のために、おひでは卵のふわふわなるものを拵えてやったのだろう。

それは作り方こそ、さして難しいものではなかった。問題は火加減だろうと、のぶは思った。火鉢の火を強くして、一気呵成《いっきかせい》に拵えるもののようだ。だが、材料の卵はあるのだろうか。

のぶは台所に下りて、卵があるかどうか探した。

「何をしておる」

突然、背中から声を掛けられ、のぶは心ノ臓が止まるほど驚いた。正一郎だった。

「脅かさないで下さいまし。お舅さんが卵のふわふわを召し上がりたいとおっしゃったので、卵を探していたのです」

「流しの下などは鼠《ねずみ》に狙われるから置いておくまい。戸棚はどうかな」

正一郎は行灯《あんどん》をつけてから卵のありかを探してくれた。女中のお君が夕方にでも買っておいたのか、戸棚の中に笊《ざる》に入れられた卵があった。

「おい、あったぞ」

正一郎は張り切った声を上げた。

「まあ、そうですか。それではこれから鰹節でだしを取りましょう」

「鰹節を掻くのか」

「ええ」

「よし、それはおれがやろう。男の方が力があるからお前より早く掻ける」

そう言った正一郎に、のぶは驚いた。今まで台所のことなど、ただの一度もしたことがなかったからだ。もっとも、おおかたの亭主は男子厨房《ちゆうぼう》に入るべからず、と言われて育っている。正一郎はそれに輪を掛けて威張っていたから、なおさらのぶを驚かせた。

「お前様は変わりましたね」

思わずそんなことも口を衝《つ》いて出た。正一郎は鼻先で笑った。

「なに、お前が出て行ってから、時々、一人で夜中に握り飯を拵えたりすることがあった」

「お君にさせたらよろしかったのに」

「夜中では可哀想だ」

「そうですか。お前様がおむすびを……」

お櫃《ひつ》に残った冷や飯で握り飯を拵える正一郎の姿を想像するのは、なかなか難しいことだった。

竈《かまど》は火を落としていたので、のぶは茶の間の火鉢に炭を足し、その上に水を張った小鍋をのせた。正一郎が鰹節を掻き終える頃は鍋の中も煮立つだろう。

年季の入った鰹節の箱は引き出しがついている。その中に小ぶりの鰹節が入っていた。

箱の蓋を開けると、鉋《かんな》のようになっており、正一郎は手慣れた様子で鰹節をごりごりと掻いた。

「お前様は卵のふわふわを召し上がったことがあるのですか」

正一郎の手許を見つめながらのぶは訊いた。

「一、二度、喰ったことがある。どうということのないものだ。父上は大層好まれておる様子だ。まあ、父上はことの外、卵好きでいらっしゃるから、卵を使った喰い物は何んでもいいのだろう」

「卵のふわふわは檜物町の奥様の所でご馳走になったようですよ。この冊子にそう書かれております」

「おひでさんが拵えたから、なおさらうまく感じたのだろう。うちの母上ではそうは行くまい」

「悪いですよ。そんなことをおっしゃるのは」

のぶはさり気なく窘めた。正一郎はのぶの方を向いて笑った。珍しく邪気のない笑みだった。

「お前がいなくなってから、この家は火が消えたように寂しくなった。だから、久しぶりにお前が泊まってくれるのはおれも嬉しい」

思い掛けない正一郎の言葉にのぶは面喰らった。

「お前は以前、心太を食べた水茶屋で言っておったな。おれと一緒にいても一人でいるより寂しかったと」

のぶは返答に窮して俯いた。言葉が勝手に口を衝いて出ただけの話である。だが、正一郎にはその言葉が大層こたえたようだ。

「おれだとて寂しかったのだ。おれ達が心の通じ合わぬ夫婦だったと気づいた時は、お前の心は、とうにおれから離れていた。しかし、おれにはどうすることもできなかった」

正一郎はまるで自分に言い聞かせるように言葉を繋《つな》いだ。鰹節を掻くという行為が、正一郎に素直な言葉を促すのだろうか。のぶは黙って耳を傾けていた。

「お前がまだ娘の頃、おれと道端で顔を合わせると、いつも頬を染めていた。おお、この娘はおれに惚《ほ》れておると思うと悪い気持ちではなかった。だが、おれはその前に、おなごから手ひどい裏切りを受けている。縁談が持ち込まれた時も正直、素直には喜べなかった。いずれ、お前もおれに愛想をつかすのではないかと不安が先に立った。ところが、縁談はとんとん拍子に進んだ。母上がまず、お前を気に入って、どうでも嫁にしたいと望んだからだ。父上や母上に対しては、お前はよい嫁だった。だが、おれは常に疑心暗鬼に捉えられていた。お前が出て行った時、案の定だ、ざまあ見ろという気がした。誰に対し、何に対してざまあ見ろなのか、その時はわからなかったが、後で気がついた。おれが、おれ自身に対して罵《ののし》っておったのだ」

正一郎はそう言ってから奥歯を噛み締め、しばらくものを言わなかった。鰹節を掻く音だけが茶の間に響いていた。

「お前様、もう、そのぐらいでよろしいのではないでしょうか」

のぶは声を掛けた。黙っていたなら正一郎はいつまでも鰹節を掻き続けるような気がした。引き出しを開けると、こんもりとした削り節ができていた。のぶは鍋の中に削り節を入れた。ひと煮立ちさせて流しへ持って行き、別の鍋の上に笊をのせて削り節を漉《こ》した。漉した後の削り節は醤油に絡《から》ませると握り飯の中身になる。だしの取れた鍋を再び火鉢に戻し、醤油と酒で味をつけた。

「おすまし汁の味はどうでしょうか」

のぶは小皿に汁を掬《すく》って正一郎に味見させた。

「卵が入るから、これぐらいでいいだろう」

卵を割ろうとすると、「そこから先は父上の前で料理致せ」と命じた。

小鍋と卵、砂糖の入った瓶《かめ》、だし汁の入った鍋、よそう椀、しゃもじ、胡椒はないので七味。たかが卵のふわふわでも、うまく食べようとすると、色々、準備が要《い》った。

忠右衛門の枕許にそれ等を運ぶと、忠右衛門は待ちくたびれて蒲団の上に起き上がっていた。小鍋を火鉢にのせ、卵を割る。その中に砂糖を少々。ぐつぐつと煮立った鍋の、縁に近い所から卵を流し込む。蓋をして大人三人は一つ、二つと数える。十になって蓋を開けると、すまし汁の中にこんもりと卵が膨らんでいた。のぶは椀によそって七味を振り、忠右衛門に勧めた。

「いかがですか、お舅さん」

「まだ口に入っていないよ」

忠右衛門は熱い卵を恐る恐る口に入れた。

「うまいねえ」

感歎の声が洩《も》れた。のぶは思わず正一郎に笑った。正一郎もそれに応えるように白い歯を見せた。

あっさりと食べ終えた忠右衛門はお代りを求めた。同じ手順で作ると、それもまたたく間に平らげた。

「拙者もお相伴してよろしいでしょうか」

満腹して、おくびを洩らした忠右衛門に正一郎が訊いた。

「わしが喰うのを見て、お前も喰いたくなったのかい」

「はい。父上は何んでもうまそうに召し上がる名人です」

「まずいもんはうまそうには喰えないよ」

屁《へ》理屈を捏《こ》ねる。のぶは正一郎のために再び小鍋を煮立たせ、卵を落とし入れた。

「これは料理とも呼べないものだし、料理屋でも滅多に出さないんだよ」

正一郎が椀の卵を食べるのを見て、忠右衛門はそう言った。

「檜物町の奥様はお上手に拵えてお舅さんにご馳走したようですね」

のぶはさり気なく口を挟んだ。

「おひでさんはさあ、仕えていたお殿さんにもご馳走したことがあるらしいよ。夜中に小腹の空いたお殿さんが何か喰いたいと言ったらしい。おひでさんは厨《くりや》に行くと、ちょうど鯛《たい》の潮汁《うしおじる》が残っていたそうなんだよ。それに醤油を足して、手早く拵えたら、これがお殿さんのお気に召したようだよ。多分、お殿さんがおひでさんにその気になったのは、その時からのことだろう」

「まさか……」

のぶは苦笑した。だが忠右衛門は真顔になって「男なんてね、のぶちゃん、案外つまんないことで女にふらふらっとなるのさ」と応えた。

「それではお舅さんがお姑さんに靡《なび》いたのも何か特別な食べ物があったのですか」

「何んだろうなあ、覚えてないよ。うちの婆さん、おれの顔を見ると、腹が減っているのかえって訊くのがくせだったけど」

「お腹が空いている時は何んでもご馳走ですものね」

「そういうことだ」

「のぶ、お前も喰え。大層うまい」

卵を食べ終えた正一郎は額に汗を浮かべて言った。

「そうですね。それではわたくしもお相伴致しましょうか」

「よし、今度はおれが拵えてやる」

「いいえ、お前様、それは結構でございますよ」

「他人の拵えたもんは、自分が拵えたものよりうまく感じるものだ」

正一郎はぎこちない手つきで小鍋にすまし汁を張った。忠右衛門はその様子を何も言わずに見ている。のぶは何んだかきまりが悪かった。


（略）

ご馳走帖⑥

「おやまあ、フルーツケーキの支度にかかるにはもってこいのお天気だよ！」

「毎年暮になると私は玉子焼を四十本ほど焼く、そして親しい方に届けるのである」

室生朝子さんのエッセイの冒頭部分を読んだ時、私はトルーマン・カポーティの「クリスマスの思い出」を思い出した。これは、「フルーツケーキを贈ること」に生き甲斐を見出す七歳のぼくと六十いくつかのおばちゃんの物語。十一月の終わりの晴れた朝、「おやまあ、フルーツケーキの支度にかかるにはもってこいのお天気だよ！」、そう宣言した日から、二人は材料を集め、買い出しの計画を立て始めるのだが、そこには数え切れないほどのたまごも含まれる。何しろ三十一個ものフルーツケーキを焼くのだから。

二人共とても貧しいので、材料を買うのは、一年がかりで必死にためたお金。そして、四日がかりで焼き上げる。しっとりとウイスキーを浸み込ませた上等のフルーツケーキだ。それを二人は親しい人たちだけじゃなく、一度しか会ったことのない人とか、何となしに心惹かれた人たちに贈る。だが、ケーキの材料代と送料で二人の財布はスッカラカン。それでも大事にしているスクラップブックにはお礼状や便りが貼られていて、それを見ると二人は、小さな天窓しかないキッチンの外の世間と何となくつながっているような気持ちになるのである。切ないけれど、ふわふわに焼き上がったたまご焼きのような、心にふんわり美味しい物語である。

このフルーツケーキに憧れ、毎年焼いてみる私だが、室生朝子さんのエッセイを読んで、金沢式のたまご焼きも焼いてみたくなった。収録したエッセイには作り方が書かれていないが、これが掲載された雑誌には、「つけたし」としてレシピが紹介されていたので、簡単にだがご紹介したい。

たまご焼き一本につき十個のたまごを割りほぐし、酒、塩、砂糖、味醂等で味をつける（薄味に）。そして、たまご汁を流しては巻く作業を十回程繰り返して焼き上げる。このたまご焼きは京風の出し巻きたまごと違い、出しを加えずに焼くので、冷めるにつれてたまごが締まり、昔懐かしい味わいになるという。

同じく材料に十個のたまごを使って焼き上げる辰巳家の厚焼たまご「心臓焼き」。これについては、「感応を頼りに」の中に作り方が詳しく紹介されているので、そちらをじっくりとお読み頂きたいが、何度作っても、私には真剣勝負のたまご焼きである。このエッセイを初めて読んだ時、そこに紹介されているエピソードにいたく感銘を受け、祈るような気持ちで作ってみたのが作り始めだったのだが、これを作るときは、ゆっくり、丁寧に、と自分に言い聞かせる。にじみ出た汁を注ぎかけてたまごに吸わせ、さらに煮詰めながらまたたまごに吸わせてゆく、この繰り返しの後に、「まことにおいしそうな狐色のてりが玉子焼きのまわりについて焼き上が」るからである。作るとき、山形から鍋を一目見たい一心で辰巳芳子さんを訪ねた女性の思いを自分に重ねてしまう。だから、適当には作れないし、手抜きもあり得ない。これも心の感応だろうかと思う。

著者プロフィール

＊

深尾須磨子（一八八八―一九七四）詩人。『詩は魔術である』『むらさきの旅情』他
森茉莉（一九〇三―一九八七）小説家・エッセイスト。『甘い蜜の部屋』『贅沢貧乏』他
石井好子（一九二二―二〇一〇）シャンソン歌手。『巴里の空の下オムレツのにおいは流れる』他
福島慶子（一九〇〇―一九八三）エッセイスト。『巴里と東京』『うちの宿六』他
三宅艶子（一九一二―一九九四）作家・エッセイスト。『ハイカラ食いしんぼう記』他
森田たま（一八九四―一九七〇）随筆家。『もめん随筆』『きもの随筆』『絹の随筆』他

＊

中里恒子（一九〇九―一九八七）小説家。第8回芥川賞受賞。『歌枕』『時雨の記』他
住井すゑ（一九〇二―一九九七）小説家。『橋のない川』『住井すゑ対話集』他
武田百合子（一九二五―一九九三）エッセイスト。『富士日記』『ことばの食卓』他
林芙美子（一九〇三―一九五一）小説家。『放浪記』『浮雲』『風琴と魚の町』『清貧の書』他
網野菊（一九〇〇―一九七八）作家。志賀直哉に師事。『さくらの花』『一期一会』他
池波正太郎（一九二三―一九九〇）作家。『鬼平犯科帳』『剣客商売』他

＊

東海林さだお（一九三七―　）漫画家・エッセイスト。『おにぎりの丸かじり』他

伊丹十三（一九三三―一九九七）俳優・映画監督・エッセイスト。『女たちよ！』他
吉田健一（一九一二―一九七七）英文学者・小説家。『シェイクスピア』『私の食物誌』他
嵐山光三郎（一九四二―）編集者・作家・エッセイスト。『文人悪食』『悪党芭蕉』他
山本精一（一九五八―）音楽家・造音作家。著書に『ゆん』『ギンガ』他
池田満寿夫（一九三四―一九九七）版画家・作家。第77回芥川賞受賞。『男の手料理』他
北大路魯山人（一八八三―一九五九）陶芸家・書家。著書に『春夏秋冬料理王国』他

＊

向田邦子（一九二九―一九八一）随筆家・小説家。第83回直木賞受賞。『父の詫び状』他
色川武大（一九二九―一九八九）小説家。第79回直木賞受賞。『狂人日記』他
田村隆一（一九二三―一九九八）詩人。『田村隆一全集』他
神吉拓郎（一九二八―一九九四）小説家。第90回直木賞受賞。『たべもの芳名録』他
細馬宏通（一九六〇―）滋賀県立大学教授。著書に『絵はがきの時代』他
犬養裕美子　レストランジャーナリスト。『犬養裕美子の人生を変える一皿』他

＊

堀井和子　料理スタイリスト・エッセイスト。『パンに合う家のごはん』『ある日のメニュー』他
津田晴美　インテリアプランナー。『気持ちよく暮らす100の方法』『私の家探し』他
田中英一（一九三〇―一九八一）『西部劇通信』主宰。『西部劇バッチリ』他

熊井明子　作家・エッセイスト。第7回山本安英賞受賞。『私の部屋のポプリ』他
田辺聖子（一九二八年―　）小説家。第50回芥川賞受賞。『感傷旅行』『老いてこそ上機嫌』他
松浦弥太郎「暮しの手帖」編集長・COW BOOKS代表。『暮らしのヒント集2』他

＊

室生朝子（一九二三―二〇〇二）随筆家。室生犀星の長女。『あやめ随筆』『おでいと』他
筒井ともみ　脚本家・小説家。『食べる女』『続・食べる女』『おいしい庭』他
辰巳芳子　料理研究家。『旬を味わう』『この国の食を守りたい――その一端として』他
林望（一九四九―　）作家・書誌学者。『イギリスはおいしい』『謹訳源氏物語』他
村井弦斎（一八六三―一九二七）明治・大正時代の新聞記者・作家。『食道楽』他
宇江佐真理　小説家。『雨を見たか――髪結い伊三次捕物余話』『おぅねぇすてぃ』他

底本一覧

春――『深尾須磨子選集』新樹社

第一章　本の中、オムレツのにおいは流れる
卵料理――『森茉莉全集　第三巻』筑摩書房
東京の空の下オムレツのにおいは流れる――『東京の空の下オムレツのにおいは流れる』暮しの手帖社
続たべものの話――『巴里と東京』暮しの手帖社
九里四郎さんの店――『ハイカラ食いしんぼう記』中公文庫
フライパン――『随筆をんなの旅』鹿島研究所出版会

第二章　伊達巻を食べるのが、この世の楽しみの一つ
玉子料理――『日常茶飯』日本経済新聞社
美味さ――『牛久沼のほとり』暮しの手帖社
富士日記より――『武田百合子全作品2　富士日記（中）』中央公論社
巴里日記より――『林芙美子全集　第四巻』文泉堂出版
靖国神社のお祭り――『時々の花』木耳社

卵のスケッチ――『新装版　食卓のつぶやき』朝日新聞出版

第三章　目玉焼きの正しい食べ方

目玉焼きかけご飯――『コロッケの丸かじり』朝日新聞社
目玉焼の正しい食べ方――『女たちよ！』新潮文庫
食べる楽み――『旨いものはうまい』グルメ文庫（角川春樹事務所）
温泉玉子の冒険――『素人庖丁記　カツ丼の道篇』講談社文庫
たまごの中の中――書き下ろし
玉子のつくだ煮――『男の手料理』中公文庫
茶碗蒸――『魯山人の料理王国』文化出版局

第四章　卵かけごはん、きみだけ。

卵とわたし――『向田邦子全集第一巻』「父の詫び状」文藝春秋
おうい卵やあい――『喰いたい放題』潮出版社
隠里の卵とモミジの老樹――『僕が愛した路地』かまくら春秋社
地玉子あり〼――『たべもの芳名録』新潮社
みそかつ――書き下ろし
卵かけごはん、きみだけ。――『卵かけごはん、きみだけ。』ワニブックス

第五章　落ち込んだときはたまご焼きを
早起きトマトと目玉焼き――『早起きのブレックファースト』ＫＫベストセラーズ
風邪ひきの湯豆腐卵――『ひとり暮らしのころは』ＰＨＰエディターズ・グループ
バーンズの至芸――淀川長治・田中英一・渡辺祥子『グルメのためのシネガイド』早川書房
『フォロー・ミー』の中の卵に……――「サプライズ」24号
ぜいたくのたのしみ――『籠にりんごテーブルにお茶…』角川文庫
落ち込んだときは――『あたらしいあたりまえ。』ＰＨＰエディターズ・グループ

第六章　卵のふわふわ
金沢式の玉子焼き――「四季の味」65号　鎌倉書房
たまごの不思議――『舌の記憶』スイッチ・パブリッシング
感応を頼りに――『味覚日乗』ちくま文庫
ふわふわ――『音の晩餐』徳間書店
玉子の雪――『食道楽の献立』ランティエ叢書（角川春樹事務所）
安堵　卵のふわふわより――『八丁堀喰い物草紙・江戸前でもなし　卵のふわふわ』講談社

編者解説　アンド・たまごのふわふわ

早川茉莉

「彼女の名前は、どうやら、メリーらしい」

こんな一文で始まる小説がある。『ジョンとメリー』（マーヴィン・ジョーンズ、菊池光訳、角川文庫）である。

この中に印象的なたまごのシーンの描写がある。パーティーで知り合ったメリーと一夜を過ごした翌朝、ジョンが朝食を用意するシーンでのことである。ジョンのキッチンはかなり広く、家族サイズのストーブや冷蔵庫があり、食料品戸棚には長い間籠城出来るほどの食料品が詰まっている。そして、たまごに関しては、「農園を所有しているといってもおかしくないほど」の在庫がある。このキッチンでジョンが用意するのは、大きなパーコレイターで淹れるコーヒー、パン、茹でたまご。シンプルだが、貧乏くさくない食事である。メリーも「ボイルド・エッグならかんたんで、しかもちゃんとした食事の感じになる」と思っている。

ところで、ジョンの茹でたまごにはルールがある。まず、たまごについて。ジョンは農家の自家用のたまごを使う。そして、エッグ・タイマーでちゃんと時間をはかる。その朝の茹でたまごは三分半。その間、ジョンは一言も発しない。で、メリーは思う。「農家の自家用の卵についてはよく知らないが、静かにしていないとうまくゆだらないのではないか、という気がしてきた」

ここを読んで、私は何だか嬉しくなる。私もそんな気がするのだ。

私はたまごを扱うジョンの立ち居振る舞いに心を奪われながら、彼の日常や独特の習慣、時間の配分といったものを考える。そして、ふいに思う。料理上手な男性の手はきっと美しい。すると、綺麗に切り揃えられた爪と繊細な指が脳裏に浮かんで来る。植物を育てる才能を持った緑の指の持ち主がいるように、料理をする才能を持った指の持ち主もまたいるのではないだろうか。

余談だが、そんな指の持ち主だったのではないかと、私が密かにアタリをつけているのが森鷗外である。鷗外はドイツでその味、作り方をしっかり記憶して帰国したのだろう。森家のドイツ料理は「ドイツの下宿式」で、鷗外が妻に伝授したものだという。もしかすると鷗外は言葉で教えるだけではなく、実践してみせたのではないだろうかと期待を込めて思ったりもする。だとしたら、レシピをノートに書き記していないだろうか。鷗外の料理帖なんて、考えただけでワクワクしてくる。

鷗外といえば、たまごかけ御飯が好物だったようである。森茉莉の表現に従うなら、「生卵御飯」。奈良へいわゆる単身赴任していた時も、どうしても食べたくなり、町へ出てたまごを買い、御飯にかけて食べたというエピソードを森茉莉が書き残している。何でも火を通して食べる主義だった鷗外だが、生たまごだけは例外だったのである。森茉莉もまたこの「生卵御飯」が大好きで、それを継承していたようである。

『ノルウェイの森』（村上春樹、講談社）にも、たまごにまつわる魅力的なシーンがある。大学から歩いて十分ばかりのところにある小さなレストラン。賑やかな通りから離れた場所にあるそこは「なかなか美味いオムレツ」を出す店で、「僕」が窓際の席でオムレツを食べていると、「ワタナベ君、でしょ？」と緑から声をかけられる。

「おいしそうね、それ」

「美味いよ。マッシュルーム・オムレツとグリーン・ピースのサラダ」

すてきなメニューである。きっと、そのオムレツを食べているワタナベ君の指先は、静かで美しかったのではないだろうか。その後の日々の中で、ワタナベ君が緑の家でお昼ご飯をご馳走になるシーンがあり、そのときのメニューも実に美味しそうだったので、ここに書き出してみる。

◎鯵の酢のもの
◎ぼってりとしただしまき玉子
◎自分で作ったさわらの西京漬
◎なすの煮もの
◎じゅんさいの吸物
◎しめじの御飯
◎たくあんを細かくきざんで胡麻をまぶしたもの

この「ぼってりとしただしまき玉子」について、緑が言う。
「高校一年生のときに私どうしても玉子焼き器が欲しかったの。だしまき玉子をつくるための細長い銅のやつ。それで私、新しいブラジャーを買うためのお金使ってそれ買っちゃったの」

新しいブラジャーよりも玉子焼き器を買うことを選択するなんて、緑は何てすてきな女の子だろう。そう思いながら私は、京都・有次の玉子焼鍋をイメージする。ブラジャーが数枚買えそうな値段だが、本格的なだしまき玉子が焼ける一生ものである。あれを緑は買ったのだろうか。だとしたらいい買い物である。

*

『とるにたらないものもの』（江國香織、集英社）の中に「フレンチトースト」というエッセイがある。その冒頭が好きだ。

「幸福そのものだ、と思う食べ物に、フレンチトーストがある。ミルクと卵にひたしたパンを、バターをとかしたフライパンで焦げバター色に焼き、焼きたてに砂糖をふって食べる。熱くて、ふわっとしていて、ところどころ香ばしく、心から甘い」

ミルク、卵、焦げバター色、焼きたて、ふわっ、香ばしく、甘い。これらの幸福そのもののような響き。私はこのフレンチトーストを、オムレツ、と変換してみる。すると、幸福な記憶そのもののような色や匂いが心に溢れ始め、バターみたいに溶けてしまいそうになる。まるで魔法である。


魔法と言えば、森茉莉流のオムレツである。フライパンを熱してバタァ、を溶かしたら間髪入れずにたまごを割って落とし、二三度掻きまわしてからふんわりまとめ、表面をちょっと焦がして皿に移すというシンプルなレシピだが、作ること、食べることのすべてを楽しむ、というコツがいる。でないとこの魔法はとけてしまう。森茉莉は「全く楽しい作業である。それからそれをたべるのが又楽しいのであるから、料理というものは大したものである」と書いているが、全くその通りである。

オムレツといえば、宮沢賢治の『オツベルと象』に不思議なオムレツが登場する。

ほくほくした「雑巾ほどあるオムレツ」である。これはオツベルが昼ごはん時に食べるものなのだが、初めて読んだとき、雑巾ほどもあるオムレツって……？　と驚き、でっかいオムレツを想像してしまった。雑巾ならそんなに大きくはないのかもしれないが、やっぱりお皿に乗り切らないほどのオムレツに違いない。

不思議なオムレツレシピをもうひと皿。これを私は『巴里と東京』（福島慶子、暮しの手帖社）で知ったのだが、腐った牛乳で作るオムレツである。ついうっかりして牛乳を腐らせてしまったとき、これを沸騰させて水気を切る。これをたまごに混ぜると「大そう結構なオムレツ」が出来るらしい。ただし、腐って長時間経過して悪臭を放つものではなく、前の晩の牛乳が翌朝腐った程度のもの、なめてみて酸っぱいものを使うこと、を忘れてはいけない。

＊

本を読んでも、映画を観ても、食べ物のシーンが気になるたちである。そして、食いしん坊が書いたものにどうしようもなく惹かれる。村井弦斎の『食道楽《くいどうらく》の献立《レシピ》』もそんな一冊だった。今読んでもおなかがグゥと鳴るのだから、明治の人々は、これを読みながら西洋料理というものに憧れを掻き立てられ、食指が動いたに違いない。この本、巻末に一年三六五日の献立《レシピ》（料理暦）が収録されているのだが、たまごを使う料理がたっぷりで嬉しくなる。一月十五日の「玉子の半熟《はんじゆく》」、一月二十七日の「ホウレン草と玉子」、二月二十三日の「玉子の淡雪《あわゆき》」、三月十四日の「鰆《さわら》の玉子ソース」、四月六日の「玉子の味噌漬《づけ》」、五月四日の「丸煮玉子」、六月九日の「玉子大根」など、これでもか、これでもか、というほどたまごが登場するのだが、そんな中に、興味をそそられた不思議なコーヒーレシピがあるのでそのひとつをご紹介したい。

「一人前ならば茶匙《ちやさじ》二杯のコーヒーを少しの水へ入れ玉子の白身少しか或《あるい》は玉子の殻《から》二つ位を毀《こわ》しよくまぜ、一旦《いったん》火にかけ煮出《にだ》し後湯をさす」（「珈琲《コーヒー》の煎《せん》じ方《かた》」）

何故にたまごの殻を？　謎である。だが、興味深すぎて素通りするなんてとても出来ない。

ところで、明治の食と言えば再び森鷗外に登場してもらわなければならない。ドイツ料理や西洋のお菓子を食べ、カフェオーレボールのような白い茶碗でホットチョコレートを飲んでいたという、そのハイカラな食生活。或いは、杏子を煮て砂糖をかけたものや葬式饅頭を御飯に乗せて食べていた、といった一風変わった嗜好の食生活。私には素通り出来ないエピソードの数々である。杏子や葬式饅頭と御飯という風変わりな取り合わせを訝る向きのために森茉莉の感想を付記しておくと、前者は支那のお菓子のような味わいであり、後者は淡白《あっさり》したお汁粉のような味だったという。一筋縄ではいかない嗜好を持っていた鷗外のことである、好物の「生卵御飯」にも鷗外ならではの秘伝があったかも、ついそんな期待をしてしまう。「料理の出来ない人はほかのことも出来ない」というのは宇野千代の口癖だった言葉であるが、鷗外のように何足もの草鞋をはいていた人というのは、食においても、清濁併せ呑むではないが、保守と前衛、そのどちらも採用する柔軟さがあり、作ること、食べることへの才能もまた持ち合わせていたのではないだろうか。宇野千代自身がそうであったように。

宇野千代の料理で、我が家に定着した料理がある。それは『私の作ったお惣菜』(海竜社)の中の「極道すきやき」。一度食べた人は必ずやその味の虜になるという卵黄をからめて焼くすきやきである。材料は上等な和牛とブランデー、たっぷりの卵黄、ちょっと濃い目の割りした、焼くための太白胡麻油だけ。普通のすきやきのように豆腐やしらたき等の具は一切使わない。牛肉にブランデーと割りしたをかけ、そこによく溶いた卵黄をからめ、味がよくしみわたったら焼き始める。卵黄をからめた照り焼きステーキのような味わいなのだが、この卵黄たっぷりというのがいい。牛肉のフレンチトーストみたいで、作っていて楽しい一品である。

＊

『コクトーの食卓』（レーモン・オリヴェ、ジャン・コクトー絵・辻邦生訳、講談社）という本がある。この本を読むと、ジャン・コクトーのお気に入りだったという目玉焼きを作ってみたくなる。お試しになりたい方には、訳者の辻邦生さんの文章が静かな幸福を伴って広がるというスペシャルな伴奏が付くことを保証する。この本でコクトーの料理を試した経験から思うのだが、料理の腕を上げるには、そのハウツーよりも、豊かな文章を味わうことの方がはるかに大切なのではないだろうか。

私はまた、この本によって、料理を作ることにも、味わうことにも「才能」がいるらしいことを学んだ。一言で強引にまとめるなら「楽しむ才能」ということである。森茉莉も「いい舌を持って自分で造《こし》らえればいいのだ」と「楽しむ人」の中に書いているではないか。次は、辻邦生さんの「日々の味　料理の味―あとがきにかえて―」からの引用である。

「料理を作る楽しさは、肉や魚や野菜を吟味し買う楽しさであるということも分かってきたし、こうした肉や魚を吟味することは、料理ができ上ったときのことを想像させる幻想的行為であることも納得できた。それに、フライパンがじゅうじゅういったり、シチュー鍋がコトコト煮えたりするなかで、野菜を刻んだり、用意した材料に味をつけたりしていると、これは、ちょうどオーケストラを指揮しているのに似た、大わらわな、全体を一つにまとめる情熱なのだ、ということも了解できるようになった」

また、「詩は直接魂を喜ばせるが、ビフテキや葡萄酒は肉体を通して魂を喜ばせる」という吉田健一の言葉を冒頭に引用した上で、こんな風にも書いている。

「生活の豊かさは、決して物質だけでは不可能だが、精神だけでも生れてこない。やはり精神と具体的な生活が一つになる必要がある。私は吉田さんの書くものを通して、精神が豊かであるためには、日々の生活への思いも豊かでなければならないということを知った。それは何も贅沢な生活をするということではなく、季節の移り、日のかぎろい、雀の声、友達のおとずれに心をときめかせるという、静かな、落着いた目立たぬ生活をつづけるということである」

こうした言葉を受け取り、豊かさを受け取って私はキッチンに向かう。そして、コクトーの目玉焼きに取り掛かる。つつましい輝きに包まれながら、こんな手順で。

美しい模様のついた磁器の皿か純白の皿にバターを少々落し、皿を火にかける。皿が溶けたバターでおおわれたら火から下ろす。バターは、「軽くじゅうじゅうという位に熱し、明るい褐色（明るい淡黄色）」に色づかせる。実際、はしばみの色をしているところから、ブール・ノワゼット（はしばみ色のバター）と呼ばれているそうだ。次に皿に適当に塩をふってたまごを割り置き、もう一度火にかける。火加減は、弱火から強火へ。そして、出来上がったらほんの少しの黒胡椒を黄身の上にふる。辻邦生さんの「付記」によると、たまごではなく皿に塩をふるのは、もっぱら美的な配慮によるらしい。目玉焼きはドイツ語で「鏡卵」と呼ばれ、それは「コクトーをおもしろがせるにはもってこいだった」といったエピソードも味わい深い。

＊

長々と連想ゲームのように書き連ねてきたが、たまご、あるいはたまご料理が登場する作品の多いこと、夜空の星の如しである。ここで書き連ねてきたもの以外にも、太宰治の「卵味噌」、向田邦子の「麻布の卵」、黒田初子さんの「簡単オムレツ」など、数限りなくある。また、たまご焼き、茹でたまご、目玉焼き、オムレツ……といった料理のひとつひとつにも、ひと言では言い表せない程のレシピや創意工夫、物語や奥の深さがある。このような驚きと敬意でもってこの企画が生れたのだが、直接のキッカケになったのは、「煮炊きの煙は、人の心を暖める。」という帯に巻かれた『八丁堀喰い物草紙・江戸前でもなし　卵のふわふわ』（宇江佐真理、講談社）だった。帯に惹かれ、タイトルに惹かれ、目次に惹かれ、読み終わったときにはタイトルの一つのように「安堵　卵のふわふわ」に包まれた。

「卵のふわふわは一個ずつしかできないところがミソですね。黄色みを増そうと余分に加えてもうまくゆきません。それに砂糖を少々加えるとふんわりとなるのも不思議です。どうしてそうなるのか……きっと眼に見えない節理があるのでしょうね」

登場人物の一人であるおひでのこの言葉の奥深さはそのまま、たまご料理にも通じるものだろう。本書では、基本的に小説は収録しなかったのだが、『八丁堀喰い物草紙・江戸前でもなし　卵のふわふわ』については、どうしてもという思いがあり、その一部を抜粋して収録させていただいた。

最後に。表紙カバーのタイトルの「玉子」と「ふわふわ」の間を少しあけてある。これはここに好きな助詞を入れてもらいたいと思ったからである。玉子はふわふわ、玉子ってふわふわ、玉子のふわふわ。星の数ほどもあるそのレシピと同じく、オリジナルの味付けで楽しんでいただきたい。何ならカバーに書き込んでもらってもいいかと思う。本の数だけの「玉子」＋「ふわふわ」があるかと思うと実に楽しい。

本書はちくま文庫のためのオリジナルです。尚、福島慶子様、中里恒子様の著作権継承者のご連絡先が不明です。関係者の方がいらっしゃいましたら編集部宛ご連絡をお願いいたします。

ちくま文庫

玉子《たまご》ふわふわ

二〇一一年二月十日　第一刷発行
二〇一四年四月五日　第三刷発行

編　者　早川茉莉（はやかわ・まり）
発行者　熊沢敏之
発行所　株式会社　筑摩書房
東京都台東区蔵前二―五―三　〒一一一―八七五五
振替〇〇一六〇―八―四一二三
装幀者　安野光雅
印刷所　明和印刷株式会社
製本所　株式会社積信堂

乱丁・落丁本の場合は、左記宛にご送付下さい。
送料小社負担でお取り替えいたします。
ご注文・お問い合わせも左記へお願いします。
筑摩書房サービスセンター
埼玉県さいたま市北区櫛引町二―六〇四　〒三三一―八五〇七
電話番号　〇四八―六五一―〇〇五三

ISBN978-4-480-42798-4 C0193